井冈山大学人文学院汉语言文学省一流专业建设丛书
丛书主编 刘晓鑫 龚奎林

歌诗写作与实训

曾纪虎 龚奎林 编著

江西高校出版社
JIANGXI UNIVERSITIES AND COLLEGES PRESS

图书在版编目(CIP)数据

诗歌写作与实训/曾纪虎,龚奎林编著.--南昌:江西高校出版社,2023.2(2024.9重印)

(井冈山大学人文学院汉语言文学省一流专业建设丛书/刘晓鑫,龚奎林主编)

ISBN 978-7-5762-3569-2

Ⅰ.①诗… Ⅱ.①曾… ②龚… Ⅲ.①诗歌创作—中国—高等学校—教学参考资料 Ⅳ.①I207.21

中国国家版本馆CIP数据核字(2023)第018729号

出版发行	江西高校出版社
社　　址	江西省南昌市洪都北大道96号
总编室电话	(0791)88504319
销售电话	(0791)88522516
网　　址	www.juacp.com
印　　刷	三河市京兰印务有限公司
经　　销	全国新华书店
开　　本	700 mm×1000 mm 1/16
印　　张	13
字　　数	200千字
版　　次	2023年2月第1版 2024年9月第2次印刷
书　　号	ISBN 978-7-5762-3569-2
定　　价	58.00元

赣版权登字-07-2023-172

版权所有　侵权必究

图书若有印装问题,请随时向本社印制部(0791-88513257)退换

《井冈山大学人文学院汉语言文学省一流专业建设丛书》编委会名单

主任： 刘晓鑫　龚奎林

委员： 康　永　邓声国　邱　斌　顾宝林
　　　　张　华　丁功谊　陈冬根　朱中方
　　　　吴翔明　曾纪虎　田祥胜　汪剑豪
　　　　刘梅珍　赵庆超　赵永君　刘云兰
　　　　刘禀诚

总序

　　井冈山大学人文学院是学校办学历史最为悠久和重点发展的教学院系之一，下辖中文系、历史系和新闻系三个教学系，内设井冈山大学庐陵文化研究中心、井冈山大学非物质文化遗产研究中心、井冈山大学新闻与影视制作研究中心、井冈山大学江西文学评论与创研中心、井冈山大学书法研究院五个研究机构。其中，井冈山大学庐陵文化研究中心是江西省高校人文社会科学重点研究基地。汉语言文学专业为学校传统优势专业，1958年学校建校时就创办了中文科，1997年开始招收本科生；2005年被列入江西高校品牌专业；2008年被遴选为国家级特色专业；2012年被遴选为江西省普通本科高校专业综合改革试点建设专业；2013年在全国高校第一批录取线招生；2019年被列入江西省一流专业建设名单；2020年入选江西省一流本科专业建设点名单；2021年，汉语言专业研究成果获批教育部首批"新文科"项目。

　　汉语言文学专业恪守"以文化人，以德铸魂"的办学理念和以"新文科"为导向的专业定位，坚持立德树人，坚持OBE成果导向，立足井冈,服务地方,培养具有道德规范和教育情怀、专业基础扎实、教学创新能力强、具有综合育人和终身学习发展能力的较高素质的教师教育及应用型人才。根据省一流本科专业和新文科项目建设要求,坚守"以生为本,全面发展"的理念,整合并优化课程结构,打造六大菜单式课程模块——课程思政模块、文学模块、语言模块、中学语文教学模块、创意写作模块与实践实训模块。老师们兢兢业业,勤勉教学,刻苦钻研,积极推进"学生主体"的教学改革,打造在线开放课程,加大新形态教材的探讨力度。

重视学生创作和研究能力的培养一直是学院的传统。在老师们的辛勤指导下,学生创作取得了不俗的成绩。学院建立江西文学评论与创研中心校级平台,恢复学生社团——露珠诗社,一直开展创意写作教学。在曾纪虎、龚奎林、汪剑豪等老师的指导下,学生在《十月》《诗刊》《星火》《作品》《青春》《名作欣赏》《西湖》《中州大学学报》《当代文坛》《现代艺术》《长江丛刊》等省级以上刊物发表文学评论和文学作品多篇。

为了推动汉语言文学专业的高质量发展,感谢老师们的辛勤付出,我们将多年探索的教学成果汇编为《井冈山大学人文学院汉语言文学省一流专业建设丛书》,作为我们主持的教育部首批新文科研究与改革实践项目"地方高校新文科'中文+'人才培养模式改革与实践——以井冈山大学汉语言文学专业为例"的阶段性成果。该丛书分为5类。第一类是特色教材(8本):《文秘写作》(朱中方、刘云兰、赵永君主编)、《口语表达实训教程》(张睫、吴翔明编著)、《诗歌写作与实训》(曾纪虎、龚奎林编著)、《中国古典文献学概论》(邓声国主编)、《语言调查导论》(田祥胜、龙安隆主编)、《文学评论写作与实训》(龚奎林、汪剑豪、赵庆超主编)、《庐陵文化概论》(邓声国、陈冬根主编)、《电影剧本写作实用教程》(汪剑豪主编);第二类是学生作品(2本):《那山花开——井冈山大学人文学院学生文学作品集(2015—2018年度)》(曾纪虎、龚奎林主编)、《时间的痕迹——井冈山大学人文学院学生文学作品集(2019—2021年度)》(曾纪虎、陈冬根主编);第三类是师范技能教学书籍(2本):《中学语文教学设计与案例分析教程》(刘梅珍、蔡筱芹编著)、《插上飞翔的翅膀——初中语文写作教程》(陈冬根、欧阳伟、朱宝琴编著);第四类是美育素养书籍(2本):《文学欣赏》(刘晓鑫主编)、《影视欣赏》(龚奎林、许苏、张莹主编);第五类是学术专辑《庐陵学术》(邓声国、丁功谊主编)。期待以后有更多的人才培养成果,以展示学院的精气神。

是为序。

井冈山大学人文学院院长　刘晓鑫

2021年10月

目录

第一章 西方诗歌观念概览 /001

    一 古典诗学观念 /001

    二 浪漫主义诗学观念 /006

    三 象征主义诗学观念 /009

    四 意象主义诗学观念 /012

    五 表现主义诗学观念 /013

    六 超现实主义诗学观念 /014

第二章 现代汉语新诗流变 /017

    一 中国古典诗歌的去格律化和新意象化 /017

    二 白话文运动时期的新诗写作 /018

    三 新诗的中国化探索:格律诗 /019

    四 现代诗歌的探索与革新:象征主义 /021

    五 政治抒情诗的表达 /022

    六 归来者诗歌群的重现绽放 /024

    七 朦胧诗:形而上的思考与反叛 /026

    八 第三代诗人:形而下的冲突与挑战 /028

第三章 诗歌写作与自我 /031

一 诗歌写作与自我表达 /031

二 诗歌写作与自我梳理 /037

三 诗歌写作与自我救赎 /048

第四章 诗歌写作与世界 /057

一 "天问":认识与体验世界 /058

二 介入:回应现实、追寻过去、探索未来 /065

三 人类精神价值的积淀与重塑 /073

第五章 诗歌写作与人的符号性能力 /075

一 诗歌写作、符号与世界 /076

二 诗歌意象、语言与张力 /087

三 结语 /094

第六章 初期诗歌写作者的感官训练模式 /095

一 视觉训练 /095

二 听觉训练 /101

三 嗅觉训练 /104

四 触觉训练 /107

五 联觉训练与运用 /110

第七章 初期诗歌写作者的长句训练 /114

一 长句训练的意义 /114

二 感官和长句训练 /116

三 分解就是在学习如何构造一首诗 /118

四 如何开始你的长句 /119

五 集中练习 /121

六　结语　/128

第八章　初期诗歌写作者的分行分节训练　/130
　　一　从小说和散文的自然段说起　/130
　　二　作为基本功的诗艺　/132
　　三　相信谁的判断　/134
　　四　阅读、练习和尝试　/136
　　五　结语　/146

第九章　初期诗歌写作者的声音训练　/148
　　一　诗歌之声　/148
　　二　诗歌之音　/155

第十章　初期诗歌写作者的修辞能力训练　/162
　　一　隐喻与意象　/162
　　二　通感与其他修辞　/170

第十一章　初期诗歌写作者的主题锻造训练　/175
　　一　主题与自我　/175
　　二　阅读行为与主题　/177
　　三　主题的锻造　/179
　　四　结语　/192

后记　/194

第一章　西方诗歌观念概览

一　古典诗学观念

西方的古典诗学是伴随着古希腊文明和古希伯来文明成长起来的文学观点。这里我们可以看到古希腊柏拉图的摹仿论(亚里士多德同样也赞同摹仿论的观点,但同时他也认识到了诗的构成不一样的地方,"'诗'的起源有两个因素,一是摹仿本能,二是音调感和节奏感的本能"[①])和亚里士多德的净化论,对世界的摹仿和对心灵世界的净化、教育,构成了这一时期的诗学观念从外在形式到内在精神表达的内容。我们也可以看到古罗马朗吉弩斯的"崇高论",与之前的和谐、静穆之美完全不同,关于崇高的论点,一方面来源于诗人们的激情和崇高情感,另一方面则是天才的修辞。

而到中世纪,但丁则认为"诗与其他艺术一样,是人追随自然并趋向上帝的手段,诗应该描写人,为人服务"[②]。与此同时,彼特拉克则将人这一对象转向对自我的关注。事实上,中世纪到文艺复兴时期,关于摹仿和崇高精神的诗学观念并没有变化,只是对象由神转向自然、上帝和人自身,如培根的经验论、狄德罗的"美在关系论"等。

显而易见,古典主义诗学观念都是从美好的想象出发进行的,是具有系统性和整一性的诗学,它具有相对完整的伦理系统和对真善美世界的想象。

荷马:一个盲人的史诗吟唱(约公元前9世纪—公元前8世纪)

俄狄浦斯王在知晓弑父娶母的真相后,自挖双眼、自我流放才回到人间的正途;而更早的盲人荷马,似乎早已经在这黑暗的世界摸索良久,并借缪斯的口,将故事传诵给大家,也就是我们今天见到的《荷马史诗》。《荷马史诗》共分

---

① 章启群.西方古典诗学与美学[M].合肥:安徽教育出版社,2004:66.
② 章启群.西方古典诗学与美学[M].合肥:安徽教育出版社,2004:123.

为两个部分——《伊利亚特》和《奥德赛》,分别讲述了特洛伊战争的过程和智者奥德修斯返回家乡的旅程。两部作品分别围绕着一个英雄——阿基琉斯和一个智者——奥德修斯展开叙事。

在《伊利亚特》中,荷马流浪在城邦的大路上,开口就唱:"女神啊,请歌唱佩琉斯之子阿基琉斯的/致命的忿(愤)怒,那一怒给阿开奥斯人带来/无数的苦难。"①史诗多是民间歌谣传颂英雄人物、民族历史发展传说等的长叙事作品,从《伊利亚特》的首句来看,一般都会将故事的主要人物和事件点明,包括在《奥德赛》中的首句:"请为我叙说,缪斯啊,那位机敏的英雄,在摧毁特洛亚的神圣城堡后又到处漂泊,见识过不少种族的城邦和他们的思想。"②荷马就像一个流浪歌手,在街头、在城门口、在集市上,一遍遍吟唱两位英雄的故事,又不断强化民族的历史记忆。

同时,《荷马史诗》也揭示了两个重大的文学主题——战争和还乡。特洛伊战争,从最美女神的金苹果到为海伦的开战,从阿伽门农与阿基琉斯的冲突到奥德修斯的木马计,历经数十年的战争叙事,给我们展开了一幅宏大的历史画卷。而奥德修斯的还乡之旅,更是带领我们见识了巨眼人、魔女、冥府等奇幻的地方,"许多亡魂纷纷从各处来到深坑旁,大声呼号,我立即陷入苍白的恐惧"③。而入冥府这一桥段,也让罗马诗人维吉尔受到启发,在创作《埃涅阿斯纪》时,让埃涅阿斯被引入地府与在战争中死去的将士相见,同时见到了自己的父亲。

除此之外,荷马以人为立足点的叙事风格突出。尽管是讲述人间的战争,但作为故事发展的关键节点,神的作用却非常大。人与神具有同形同性的特点,特洛伊战争的发生从人类的角度来看,是特洛伊的帕里斯王子抢夺斯巴达王后海伦的结果。而从神话的角度来看,这是复仇女神与天后赫拉、战神雅典娜一次选美争夺后的复仇行动,在整个史诗的情节发展中,诸神的影子始终在背后,并在关键时刻起作用。

从古希腊、古罗马到文艺复兴前,史诗一直是较为重要的诗歌形式。古罗马维吉尔的《埃涅阿斯纪》,中世纪的四大英雄史诗——法国的《罗兰之歌》、西班牙的《熙德之歌》、俄罗斯的《伊戈尔远征记》、德国的《尼伯龙根之歌》,这些

---

① 荷马.荷马史诗·伊利亚特[M].罗念生,王焕生,译.北京:人民文学出版社,1994:1.
② 荷马.荷马史诗·奥德赛[M].王焕生,译.北京:人民文学出版社,1997:1.
③ 荷马.荷马史诗·奥德赛[M].王焕生,译.北京:人民文学出版社,1997:195.

作品在很大程度上表现出每个民族特有的精神特征和历史发展的故事。

萨福：一个天真小姑娘的呢喃（约公元前630年—约公元前560年）

"我拿起七弦琴，说——/现在来吧，我的/神圣的龟甲，变成/会说话的乐器吧。"①如果说史诗是传颂英雄、民族历史的叙事，那么萨福的七弦琴，就是个人的呢喃，是诗人浪漫的抒情。莱斯博斯岛上的这位少女，有着对美好的向往和想象，即便面对人的终极问题——死亡，她说："我想去死，去看看湿润的莲花，开放在阿刻戎河上。"②但她又信任神的选择："我们完全知道/死是邪恶的/我们有/神的意旨：如果/死是好事/神也会去死。"③从她两处摇摆的态度来看，萨福明显是一个任性天真的小女孩，而不是我们想象的那样，一个女诗人。

历史过于久远，萨福被贴的标签主要有两个："第十位文艺女神缪斯"和"同性恋"。前者是因为缪斯是女性，分管着文学艺术，而萨福是诗歌中的女王，她在诗歌中一再表明自己的技艺来自缪斯女神，"那是缪斯/她们给我以/荣誉，她们/教我以技巧"④；后者则是因为她写给女学生和文艺团体成员的诗过于亲昵，如"我和阿狄司从此不能再见，我不骗你，我真恨不得死""虽然笨拙/纳希狄加有一个/比季林诺更为/姣好的形体"⑤等等。

因而萨福在历史上是非常具有争议性的女性，被说成同性恋、模仿荷马等等。但不管怎么说，在一个将女性排除在城邦公民之外的政治环境里，萨福能以抒情诗歌进行表达，并在群众中获得声望，实属难能可贵。除了萨福外，男性的抒情诗人显然更多，在亚历山大里亚时代的评论家就公认了包含萨福在内的九大抒情诗人，其余八位都是男性：阿尔基洛科斯、阿尔克曼、梭伦、阿尔凯奥斯、阿那克里翁、西摩尼德斯、巴克基利得斯、品达罗斯。他们的抒情诗大都能够通过竖琴或笛演奏出来，有些还是合唱。从他们的作品中可以看到《荷马史诗》的影子，但简短而且更关注个人，也包含很多的神话人物。

很显然，在古希腊、古罗马至文艺复兴前，诗歌的写作要么是民间英雄故事

---

① 萨福. 你是黄昏的牧人：萨福诗选[M]. 罗洛，译. 北京：人民文学出版社，2017：8.
② 萨福. 你是黄昏的牧人：萨福诗选[M]. 罗洛，译. 北京：人民文学出版社，2017：127.
③ 萨福. 你是黄昏的牧人：萨福诗选[M]. 罗洛，译. 北京：人民文学出版社，2017：116.
④ 萨福. 你是黄昏的牧人：萨福诗选[M]. 罗洛，译. 北京：人民文学出版社，2017：129.
⑤ 萨福. 你是黄昏的牧人：萨福诗选[M]. 罗洛，译. 北京：人民文学出版社，2017：129.

和神话传说的长叙事作品,要么就是颂神、祭祀、祈祷和自我表达的抒情诗歌,由于和吟唱相关,诗歌在有很明显的叙事性的同时往往又具有很强的音乐性。

但丁:一个描绘地狱的老人(1265—1321)

但丁出生于1265年,写作《神曲》的时间是1307年至1321年(这一年他去世了),也就是说他从42岁写到56岁。这样的时间段里,他正从一个中年人真正迈向地狱,也许我们应该说,他是去了天堂——当贝雅特丽齐作为他一生的追寻。当然,在《神曲》中,贝雅特丽齐只是作为引领但丁到天堂的人,只有在他的《新生》中,才饱含着他的浓情蜜意。

《神曲》分为《地狱篇》《炼狱篇》《天堂篇》三部分,讲述了但丁人到中年的彷徨,在黑暗的森林里,女神派来罗马诗人维吉尔引领他游历地狱、炼狱。随后维吉尔结束自己引领人的工作,正如他在开头说的:"如果你想随后就上升到这些人中间,一位比我更配去那里的灵魂会来接引你。"①这个灵魂就是贝雅特丽齐,将接引他前往天堂,贝雅特丽齐也是但丁在现实世界中喜欢的女人。

在这一段游历中,但丁为读者展现出了整个意大利社会发展各个方面的成就和代表人物。例如,佛罗伦萨的黑白党人物——金地蓝狮纹章的葛菲利阿齐家族("一个黄色的钱袋上有狮子形象和姿态的天蓝色的图案")和红地白鹅纹章的奥勃利雅齐家族("我就看到一个血红的钱袋,上面呈现出一只比奶油还白的鹅"②)。此外,还有白地母猪纹章的斯科洛维尼家族、贝齐家族。这些家族的某些人都在第七层地狱经受着火雨之苦,因为他们是盘剥重利者,专门放高利贷。同时,但丁也惯用这种象征的手法来指代人物、事件或者某种意义,地狱和炼狱的设定象征着人的欲望和罪行。诗人开始遇到的幽暗森林,一方面是指人到中年的彷徨和迷惘,另一方面也意指心爱的女孩贝雅特丽齐1290年死去后的心灵无所依托。

除此之外,以梦幻的方式进行诗歌描写,也是中世纪文学的一大特色。与神自然的远距离,使得朝圣的人们只能以梦幻的方式来进行启灵或者接收到神启。但丁的整场游历,在最后"我想要知道那个人像如何同那个圆圈吻合,它如何在那里面有它的位置;但是我自身的翅膀飞不了这样高;忽然我的心被一道

---

① 但丁.神曲[M].田德望,译.北京:人民文学出版社,1990:3.
② 但丁.神曲[M].田德望,译.北京:人民文学出版社,1990:128.

闪光照亮,在这道闪光中它的愿望得以满足"①。诗人最后似乎也没有看到上帝的形象,这个形象是模糊的,是一团亮光,整个作品就此结束。

彼特拉克与莎士比亚:对所爱的人与世界的沉迷(1304—1616)

史诗与抒情诗之后,文人诗歌在文艺复兴时期兴盛起来,最具代表性的诗人是意大利的彼特拉克(1304—1374)。十四行诗一般被认为是由他推广开来的,他创造性地运用了十四行诗的体裁,使之成为欧洲诗歌中的一种新诗体,随后影响到了英国的莎士比亚、斯宾塞,并在之后产生很多的变体。十四行诗成为诗歌中一个重要的形式,它又可以分为八行诗与六行诗,前八行诗可能会表现出一个问题来,后六行诗则会以回答的方式进行答案的探寻。除此之外,十四行诗的韵式丰富多样,这一点就不赘述,有兴趣的读者可以去寻找相关的内容进行学习。

彼特拉克的十四行诗的重要代表作品《歌集》是写给恋人劳拉的情诗。彼特拉克22岁时与劳拉相遇,便对劳拉痴迷不已,尽管她已经是别人的妻子。《歌集》一共366首,其中317首是十四行诗,除了表达对劳拉的爱之外,也穿插着对社会其他话题的讨论。对劳拉的爱是年轻的疯狂,在诗句中他所表现的问题是:"我劝告我的欲望不要胡追乱撞,但它不听我的劝阻,一味任性倔强。"解决这一问题的答案是什么呢?"反而让我听从它的摆布……我品尝着,少的是慰藉,多的是悲伤。"②尤其是在1348年,劳拉因黑死病离开人世,他的痛苦更是别人难以理解,"爱神折磨了我二十一年,我喜气洋洋/地被情火燃烧,又在痛苦中获得希望;我的圣母连同我的心一起升入天堂,我又为她哭泣了整整十年月和时光"③。尽管彼特拉克在晚年认为这只是自己幼稚的行为,可作为诗歌,原本就应该保持一种年轻的激情。

至于莎士比亚(1564—1616),我们都知道他以戏剧出名,而他的十四行诗完全沉醉在大自然的万物中,也沉浸在日常生活的琐碎里。像这首诗:"当我数着壁上报时的自鸣钟,见明媚的白昼坠入狰狞的夜,当我凝望着紫罗兰老了春容,青丝的卷发遍洒着皑皑白雪;当我看见参天的树枝叶尽脱,它不久前曾荫蔽

---

① 但丁.神曲[M].田德望,译.北京:人民文学出版社,1990:227.
② 彼特拉克.歌集[M].李国庆,王行人,译.广州:花城出版社,2000:6.
③ 彼特拉克.歌集[M].李国庆,王行人,译.广州:花城出版社,2000:478.

喘息的牛羊;夏天的青翠一束一束地就缚,带着坚挺的白须被异上殓床;于是我不禁为你的朱颜焦虑:终有天你要加入时光的废堆,既然美和芳菲都把自己抛弃,眼看着别人生长自己却枯萎;没什么抵挡得住时光的毒手,除了生育,当他来要把你拘走。"时间成为诗人最为值得书写的,这与彼特拉克在劳拉死后的觉醒是一样的,面对时间的流逝和衰老、死亡,生活的现实更能触发希望的可能。

尽管十四行诗在韵式、行数上都有限制,但经过漫长的发展,基本上每一位伟大的诗人都尝试过这一形式,而且在结构、诗行长度、韵律方面都有不同的革新。像古典主义诗人弥尔顿早年甚至还用意大利文尝试写过十四行诗,浪漫主义诗人华兹华斯写过五百多首十四行诗,布朗宁写有《葡萄牙十四行诗》等。

可以说,古典诗学观念在科学技术的进步中,更多地转向对现实的批判。物质世界的强化,也就意味着精神世界的衰弱,这是古典诗学难以接受的。这也就导致了19世纪以及20世纪诗学观念的不断变化。

二 浪漫主义诗学观念

事实上,古典主义诗学始终站在某一种辩证的路径看待世界,精神内在与物质外在处于统一对立之中。而到浪漫主义诗学发展时,即从19世纪开始,人们对现实世界或者说人类发明的物质世界的极端批判,导致了一些思想上的变化。"退回到中世纪"和"反对理性"构成浪漫主义诗学的主要特征,这两者包含了对精神品格的肯定和对想象的肯定。在诗歌创作方面,则表现为湖畔派诗人的自然想象和恶魔派诗人的革命精神。

湖畔派诗人:在湖边与花草树木为伴的隐逸者(1770—1850)
《抒情歌谣集》的出版,尤其是1800年第二版中增加的华兹华斯写的序言成为浪漫主义的宣言书,使得湖畔派诗人成为浪漫主义重要的代表人物。著名的湖畔派三诗人即华兹华斯、柯勒律治和骚塞。在他们的作品中,大都以自然风光为写作对象,表现出对风景的喜爱,同时也表现出在大自然面前人的渺小和可笑。

比如柯勒律治著名的诗篇《题紫杉树中的座位》的题记:"它站在艾斯威特

湖边,在荒凉的海岸之滨,却美不胜收。"在诗歌中,诗人开头就说:"——不,旅行者!请稍息。这棵孤独的紫杉挺立着,远离所有人类居住的地方。"将紫杉孤独的情状简单地描绘出来,与现实社会的拥挤喧闹形成鲜明的对比。更重要的是,在18世纪启蒙运动之后,随着工业科技的发展,人们对自然的征服和人类自身的盲目自信,使得人失去了谦逊的品质。柯勒律治正是发现了这一点,才更加地厌恶现实的生活环境,转而对自然进行描绘和赞美。"用一种柔和的冲动从虚空中拯救出来""只有在他内心静默的时候,仍然怀着谦卑的心,怀疑自己,尊敬自己"[1]。

相较于柯勒律治的谦逊,华兹华斯就是悲痛,他以更加谦虚的方式,以自然与人类做对比,进而表现出人的丑陋。"大自然把我身上流淌的人类精神/与她的美丽作品联系;一想到人是如何造就人,我的心就悲痛不已。"这来自《写在早春的诗行》的句子将自然与人类进行比较,更加清晰地表明了诗人对待自然的态度,"周围的鸟蹦蹦跳跳地打闹……似乎都是一种兴奋的欢乐/含苞欲放的小树枝,张开了扇叶,去捕捉微风;我尽可能揣测,那里正是快乐之梦"[2],而对人类却是"哀叹"。

他们是隐逸在山川树木之中的夜莺,是"最动听、最忧郁"的鸟,但对于自然的认识而言,"一只忧郁的鸟?哦,懒散的想法!自然界中没有忧郁"[3]。

拜伦和雪莱:对世界进行反抗的兄弟(1788—1824)

当华兹华斯、骚塞和柯勒律治在昆布兰湖边观赏自然风光,逃避19世纪征战不断的外部世界的时候,雪莱却对着这个世界宣战:"世上的君王!这都是你们在作孽!人民就为了你们的罪恶而丧命。唉,几时那神圣的一天才能降临,人不再为统治者的罪恶所玷污,不再受治于野心、骄傲、虚荣、财富。"[4]为了这份自由,他举起文字的武器,利刃一般插在统治者的心窝里,《西风颂》《自由

---

[1] 华兹华斯,柯勒律治.抒情歌谣集[M].金永平,译.上海:上海交通大学出版社,2020:67-71.

[2] 华兹华斯,柯勒律治.抒情歌谣集[M].金永平,译.上海:上海交通大学出版社,2020:135.

[3] 华兹华斯,柯勒律治.抒情歌谣集[M].金永平,译.上海:上海交通大学出版社,2020:73.

[4] 雪莱.雪莱抒情诗选[M].查良铮,译.北京:人民文学出版社,1958:译者序7.

颂》《致云雀》更是他自由的战斗宣言。在他的诗里,我们看到了淋漓尽致的激情和革命热情:"它们像烈火从海底拥起的一座座山岗,崛起在神圣的意大利,楼塔轩昂,器宇宏伟,横眉冷对君王、主教和奴隶汇成的海洋;形形色色的暴政从四面袭来汹涌如潮,遇到它们的城墙,便似无力的泡沫一般。"(《自由颂》)"把昏睡的大地唤醒吧!西风啊,如果冬天来了,春天还会远吗?"(《西风颂》)他似乎扯着嗓子在对世界呼号,四处奔走劝告,他不甘心,甚至大骂桂冠诗人骚塞,说他是个叛徒,想要叫醒沉溺其中的人们。可是,在这声嘶力竭后,却是一片沉默甚至唾骂,特别是妻子玛丽投水自杀后,反对雪莱的政敌们剥夺他对孩子合法的监护权,想让他一无所有。他说:"我想除了五个人以外,凡是知道或听说我的人都把我看作是罪恶和堕落所造成的稀世怪物了。"①

而这五个人当中,我想肯定是包括拜伦的。1816年拜伦和雪莱在日内瓦相遇,也结下了深厚的友谊。两个人一拍即合,雪莱被人们当成是怪物,拜伦也被人看作魔鬼,尤其是他错误的婚姻成为导火索,"以此为契机,英国统治阶级对它的叛逆者拜伦进行了最疯狂的报复,以图毁灭这个胆敢在政治上与它为敌的诗人。他们突然变得道貌岸然,以各种流言蜚语把拜伦描绘为'魔鬼'"②。但这并不妨碍他对自由的追寻,在《路德分子之歌》中,他说:"你看那自由的孩子们在海上来去,他们的自由是用血买来,好便宜,所以,我们呀,兄弟,或者战死,或者自由地生活,我们要打倒一切国王,除了路德!"③拜伦对海有着非同一般的感情,仿佛在那片神奇的领域里,世间的一切污浊都在那无尽中消失殆尽,"在暗蓝色的海上,海水在欢快地泼溅,我们的心是自由的,我们的思想不受限"④。在其代表作《唐璜》中,我们看到这位伟大的新生儿在海上逃亡,既获得了对现代赤裸裸的吃人残酷现实的认识(他在飘零海上时,同船的人因为饥饿干渴,将他的老师吃掉,最终疯狂而死),也有了在海上对爱情的充分感受(和海盗女儿的甜美爱情)。

所以,尽管雪莱和拜伦的呼号并没有获得更为积极的回应,甚至失去了挚爱,但他们积极的革命精神和激情却在他们的诗句中澎湃翻涌。

---

① 雪莱.雪莱抒情诗选[M].查良铮,译.北京:人民文学出版社,1958:译者序7.
② 查良铮.拜伦小传[M]//拜伦.拜伦诗选.查良铮,译.上海:上海译文出版社,1982:5.
③ 拜伦.拜伦诗选[M].查良铮,译.上海:上海译文出版社,1982:97.
④ 拜伦.拜伦诗选[M].查良铮,译.上海:上海译文出版社,1982:159.

三 象征主义诗学观念

在"真善美"的诗学主张下,人们对想象的伦理世界秩序进行的不断纠正和退回到自然的世界里寻求美的浪漫追求,渐渐在现实的世界里站立不住。要想寻求真正的能立足现实生活的审美体验,到波德莱尔这位现代主义和象征主义的先驱这里得到了新的发现,即回到城市发现"丑"与"恶",同时以通感论的方式进行体验。相较于浪漫主义而言,象征主义反对这种空洞的热情和冲动,它试图找到主客观的契合点。到了后期,以瓦雷里的纯诗理论、艾略特的客观对应物理论为主,不仅在象征森林中寻找到与诗人情感在现实中的对应物,同时还讲求音乐性,以诗歌节奏与诗人的情感节奏相契合,产生一种神秘与朦胧的美感。

波德莱尔(法国):在城市垃圾堆里游荡的灵魂(1821—1867)

如果说在18世纪,诗人们还满怀激情和热情地对这个世界赞美或者幻想,那么到了19世纪,诗人们更多地开始寻找丑陋的一面,其中最有代表性的就是波德莱尔。他继承了雨果审丑的美学理念,发展出审恶的美学理念,"他认为应该写丑,从中'发掘恶中之美',表现'恶中的精神骚动'"[1]。对恶的描写事实上是他深入事物或是事件内部所感应的实质,他提出的感应理论,来源于斯威登堡、霍夫曼以及德拉克洛瓦,色彩、声音、味道等在诗人看来都是相同的,也就是我们常说的通感的修辞手段。他在诗歌《感应》中写道:"像黑夜又像光明一样茫无边际,芳香、色彩、音响全在互相感应。"[2]正是通过这种想象使得波德莱尔的诗歌更具有象征意义,他也被称为象征派的创始人。

而在这些想象的对象里,"一个老妓女受折磨的乳房……可是,就在那些豺狼、豹子、猎犬、猴子、蝎子、秃鹫、毒蛇,就在那些/在我们罪恶的污秽的动物园

---

[1] 波德莱尔.波德莱尔诗歌精选[M].郑克鲁,译.太原:北岳文艺出版社,2000:《恶之花》序1.

[2] 波德莱尔.恶之花 巴黎的忧郁[M].钱春绮,译.北京:人民文学出版社,1991:21.

里……却有一只更丑、更凶、更脏的野兽"①。诗人漫游在城市中间,看妓女、动物园里的动物,但事实上,他更多的是在观察人,而动物们也往往象征着现代人的通病——愤怒、无能、号叫,最丑的野兽是"无聊"。在19世纪工业化完成的时代里,城镇的建设一定程度上开始了对人的隔绝,不仅是人与人之间关系和情感的隔离,还有人与自然万物的隔离。在《巴黎的忧郁》中,有几首以《忧郁》为题的诗歌,"雨""牢笼""尸体"等词汇穿插来回,仿佛一个个游魂,在城市中间穿行,充满着压抑、阴暗的气息。这并不是"为赋新词强说愁"的做作,而是与城市的现状联系在一起的现实呈现。比如其中的一首《忧郁》里,"旧日的女客厅、过时的流行品、发愁的粉画、褪色的油绘、香水瓶的香味"都渐渐成为"当阴郁的冷淡所结的果实——厌倦,正在扩大成为不朽之果的时光"②时,城市的生活显然都在慢慢变成堆放的垃圾,它并没有带来令人欣喜的激情。

里尔克(奥地利):此刻有谁在世上某处哭(1875—1926)

战争是20世纪最为深刻的主题,一个经历了一战和二战的诗人,可以说是绝无仅有的。里尔克在自己的诗歌写作里,最先的作品会像大部分初写诗的人一样,充满想要挤进文学圈子的功利心,而显得毫无深沉的地方。或许正是这样的经历,使得诗人在中晚期的创作中找到了属于自己的那一条道路,用诗人自己的话来讲:"诗并非如人们想象的仅仅是出于感觉,而是来自经验。"③因而,他更多的诗歌是出自生活经验,1900年25岁的年轻诗人与沃尔普斯维德画派的接触,使得他对现代艺术手法有了更为深刻的理解,并在之前两次对俄罗斯的访问中,对俄罗斯的斯拉夫主义有了与当时许多人不一样的情感,这两者的结合,促成了诗歌《严肃的时刻》④的写作,我们可以先看看这首诗:

而今谁在世上什么地方哭泣,
在世上无缘无故地哭泣,

---

① 波德莱尔.恶之花 巴黎的忧郁[M].钱春绮,译.北京:人民文学出版社,1991:6-7.
② 波德莱尔.恶之花 巴黎的忧郁[M].钱春绮,译.北京:人民文学出版社,1991:167-168.
③ 波德莱尔,里尔克.图像与花朵[M].陈敬容,译.长沙:湖南人民出版社,1984:7.
④ 里尔克.里尔克诗选[M].绿原,译.北京:人民文学出版社,1996:109.

他就是哭我。

而今谁在夜间什么地方发笑,
在夜间无缘无故地发笑,
他就是笑我。

而今谁在世上什么地方走着,
在世上无缘无故地走着,
他就走向我。

而今谁在世上什么地方死去,
在世上无缘无故地死去,
他就看见了我。

诗人脱去所有世俗的眼光感受上帝的精神内涵,这一内涵是他在俄罗斯找到的精神家园,即一种俄罗斯人信仰宗教、充满忍耐力和对灵魂世界的关注的特点。

艾略特(英国):荒原里烧起的一把火(1888—1965)

"献给埃兹拉·庞德——最卓越的匠人。"这是《荒原》中的题记,大概很多人都不清楚,庞德曾经删去了这首诗三分之一的部分,才是现在我们看到的这部伟大的作品。而我们更清楚的应该是,艾略特的诗歌大部分都是对两次世界大战给人类精神带来的巨大灾难的反思。面对世界的毁灭,人们对启蒙运动以来建立的科技、民主主导的资产阶级世界的理想破灭,精神遭受到冲击,内心就是一片荒原。

"一堆破碎的偶像,承受着太阳的鞭打/枯死的树没有遮阴。蟋蟀的声音也不使人放心。礁石间没有流水的声音。"[1]破碎的偶像、枯死的树、吵闹的蟋蟀、干枯的河床,所有的意象都给读者呈现一片荒凉的感觉,艾略特从这样的发现

---

[1] 艾略特.荒原:艾略特诗选[M].赵萝蕤,译.北京:人民文学出版社,2016:58-59.

入手,试图去寻找解决的路径。在《荒原》里,我们看到一个很常见的诗歌技巧:用典。像在《荒原》的第二章当中,维吉尔的《伊尼特》、奥维德的《变形记》和莎士比亚的《安东尼与克里奥佩特拉》里的人物相继出现在诗歌文本中,如伊尼亚斯和狄多的故事、菲罗墨拉的故事、安东尼与克里奥佩特拉的故事等等。

战后的精神荒原需要重建,其实更需要重建的是人类的信仰或是希望。艾略特将目光指向传统的内容,回归到精神的建设中,而非科技所带来的物质建设。在整首诗中,诗人用来整理注释的文字比诗歌文本还要多,可见诗人意图回归到传统的念头,正如他说的:"传统是具有广泛得多的意义的东西。它不是继承得到的,你如要得到它,你必须用很大的劳力。"①

四　意象主义诗学观念

"意象主义的崛起是在 1910 年的英国,它不仅受到象征主义的影响,而且也受益于中国的古典诗歌。"它更多的是主张人们进入生活的现实中去寻找意象,"意象就是一刹那间思想和情感的复合体"②。

庞德(美国):开在湿漉漉黑树枝上的花(1885—1972)

"中国汉字忠实的信徒",我想是可以这么评价作为意象派先驱的诗人庞德的。他热衷于意象的表达,通过跳跃的意象呈现破碎般的画面,并将其内涵联系到一起。所以他在和理查德·奥尔丁顿等人的商讨中,认为他们的诗歌应该坚持这样的三条原则:"1. 直接处理不论是主观还是客观的'事物';2. 绝对不用任何无助于呈现的词;3. 至于节奏,创作要依据乐句的排列。"③

我们可以从他著名的诗歌《在一个地铁车站》(In a Station of the Metro)来看看其中的表达,"The apparition of these faces in the crowd; Petals on a wet,

---

① 艾略特.传统与个人才能:艾略特文集·论文[M].卞之琳,李赋宁,方平,译.上海:上海译文出版社,2012:2.
② 黄晋凯,张秉真,杨恒达.象征主义·意象派[M].北京:中国人民大学出版社,1989:9.
③ 庞德.庞德诗选:比萨诗章[M].黄运特,译.桂林:漓江出版社,1998:221.

black bough."赵毅衡先生将之翻译为"人群中这些面庞的闪现;湿漉的黑树干上的花瓣"。在这首诗当中,诗人学习借鉴了中国诗歌意象的写法,单纯以名词意象为表达方式,面庞、人群、树干、花瓣,这些视觉可见的画面,简洁而不繁复地呈现出来后,又通过多感官的表达使得诗句具有更为复杂的内涵,如湿漉的触觉。人群中闪现的面庞与黑色树干上的花瓣,两者之间存在的关联显然是跨越式的,但我们能看到这样的画面:上一句中拥挤的人群作为背景,而时时闪现的令人眼前一亮的面庞成为打破某种沉闷或是单调的具体意象;下一句中湿漉的、黑色的树干作为背景,鲜艳亮丽的花瓣也成为破坏这一压抑背景的具体意象。两者因此联系起来,从而营造出这首诗的深层意蕴。

五 表现主义诗学观念

表现主义的产生是在一战前后,"这一代新人开始学习用灵魂去生活,开始去认识自我,开始用心灵去感觉"①。处在战乱中的人们,任何的想象和理性的思考都将人们导向黑暗的时空,因而表现主义者并非要描写已经带给人们痛苦的现实,而是要描写精神世界所感受到的痛苦。在这极度的痛苦之中,我们看到的是人内心的热情和希望,是诗人对现实世界思考和探索后的内在情感表达。

特拉克尔(奥地利):一片蓝色中的表现主义宣言(1887—1919)

"蓝"是特拉克尔标志性的词语,在他的《夜歌》中是这样说的:"一张兽脸/因蓝光,因蓝光的圣洁而僵化。"②蓝色在诗人看来是神秘深邃的,它是某种居所,这一居所"灵魂令蓝色的春天沉默""绿色的夏天悄然成熟,陌生者的跫音/穿过银色的夜。愿蓝色的兽思念它的小径""他周围凛然环绕着清凉的蓝光和秋天的余晖""爱;那一刻雪融于黑色的角落,一丝蓝风欣喜地吹拂古老的接骨

---

① 巴尔.表现主义[M].徐菲,译.北京:生活·读书·新知三联书店,1989:中译本序1.
② 特拉克尔.特拉克尔诗选[M].林克,译.成都:四川人民出版社,2018:19.

木"①。蓝色的身影贯穿在他作品中的一年四季里,可以说是他诗歌中全部的精神所在,而它会和一些诸如灵魂、神圣、崇拜、信仰交接在一起,比如接骨木是欧洲人心目中万能的守护者,经过蓝风的吹拂,在冬天引起更为强烈的希望。

特拉克尔由于 27 岁时在战争前线服毒过量而较早死亡,而在面临一战的战场上,我们并不能确认他是不是自杀,唯一可以从他的诗歌文本里看到的,是他对死亡的思考:"死者的寂静爱这古老的花园,女疯子住过蓝色的房间,无声的形象傍晚出现在窗口。"②灵魂的神秘感往往是因为它通向死亡的国度,诗人在他短暂的诗歌创作里,将所有的视线倾注到自身在战争和生活中感受到的事物之中,但最终还是指向希望,"孤独者的长眠静静地抽绿"③。

六　超现实主义诗学观念

超现实主义产生于 20 世纪 20 年代的法国,这一词是诗人阿波利奈尔的首创,它意指人的创作不是单纯对自然的模仿,而要看到作为人的创造性的想象力所带来的对现实世界的纠正,更多的是针对人的内心世界的探索和挖掘。"如果说人所生活的客观世界是一种外部现实,而人的心理活动则是一种内部现实,那么超现实就是这两种现实的同一。"④这也就意味着,超现实主义的写作手法——梦幻、自动写作、黑色幽默等不过是为了实现这一"同一"的手段,可是在实际的写作中,这些手段其实是对原本的刻板印象的另一角度的审视。

兰波(法国):来自"通灵者"的书信(1854—1891)

兰波事实上是属于象征主义诗人群的,但是他又开拓了超现实主义的先河。他具有梦幻的写作风格和走向直觉的自动化写作状态。作为人世间的"洞察者",也作为一名"通灵者",他的诗歌是走向自我精神之所和自然的。我们可

---

① 特拉克尔.特拉克尔诗选[M].林克,译.成都:四川人民出版社,2018:128,120,130,45.
② 特拉克尔.特拉克尔诗选[M].林克,译.成都:四川人民出版社,2018:180.
③ 特拉克尔.特拉克尔诗选[M].林克,译.成都:四川人民出版社,2018:50.
④ 杜布莱西斯.超现实主义[M].老高放,译.北京:生活·读书·新知三联书店,1988:译者序4.

以看看《黄昏》这首诗:"夏日蓝色的黄昏里,我将走上幽径,不顾麦茎刺肤,漫步地踏青;感受那沁凉渗入脚心,我梦幻……长风啊,轻拂我的头顶。我将什么也不说,什么也不想;无边的爱却自灵魂深处泛起。好像波希米亚人,我将走向大自然,欢愉啊,恰似跟女人同在时一般。"①诗人更多地以自身的感受来进行写作,是一种直接的身体感受所带来的梦幻的感觉,在接触到世界的纷繁之后,要保留这种纯粹的感受是很困难的。安德烈·布勒东说:"实际上,所有的幻觉,所有的幻想都是不可忽略的快乐的源泉。最清晰的感官享受就源于幻觉或幻想。"②

而在后面的诗句里,"自灵魂深处"泛起的爱,更是以一种无法自控的方式出现,但可以遵守的一个原则是对世界的反抗,不论是观念还是制度。最后一句,"欢愉啊,恰似跟女人同在时一般",它能让人联想到兰波的散文诗集《彩画集》里的一句话:"但是,狂欢纵饮,与女人交好,对我是禁止的。"这是对基督徒的诫令,也是当时基督教的制度约束,诗人不依赖于任何道德的偏见进行的创作和表达,是超现实主义诗学观念较早的实践,正如《超现实主义宣言》这本书的封底的一句话:"兰波在生活实践中及其他方面是超现实主义者。"

博尔赫斯(阿根廷):我熟悉每个人类群体(1899—1986)

博尔赫斯,阿根廷。人名和地名构成他诗歌的全部灵感源头,我们可以从他的那些诗集——《圣马丁札记》《布宜诺斯艾利斯激情》,他的那些诗歌——《伊西多罗·阿塞韦多》《城南守灵夜》《布宜诺斯艾利斯的死亡》等等,去寻找他对现实生活的关注和超越。在他的诗歌中,充满着神秘与死亡的氛围,这些氛围通过梦境来淡化,又通过它来加深。比如《伊西多罗·阿塞韦多》这首诗:"我对他的情况确实一无所知/——除了一些地名和日期……我这枝(支)笔不打算叙述他参加的战役,因为他把它们带进了他主要的梦中。因为正如别的写诗的人一样,我的外祖父做了一个梦……于是,在可以望见花园的卧室里,他在

---

① 雨果,波德莱尔,兰波,等.法国七人诗选[M].程抱一,译.长沙:湖南人民出版社,1984:50.
② 布勒东.超现实主义宣言[M].袁俊生,译.重庆:重庆大学出版社,2010:11.

一个为祖国献身的梦中死去……我在不点灯的房间里寻找了他多天。"①诗人以独特的视角审视外祖父的一生,以他的死亡为起点,布上一层神秘而梦幻的色彩。诗人像中世纪穿游地狱、炼狱和天堂的但丁,或是与亡父详谈的埃涅阿斯。"当时很小"的限定,一方面使诗人的言语不实有了托词,另一方面又让人们能够看到在儿童的视角里最为真实或者本质的东西。在战争和死亡的宏大叙事面前,诗人通过故去的外祖父,达到了和谐的统一。简短而精练的语言,将急促的情感冲动蕴含其中。

而在另一首诗《恬淡》中,"我熟悉每个人类群体/正在形成的习俗和灵魂,还有那特定的言辞和语义。无需奢谈和杜撰/专长及天赋……只求简简单单地被纳入/不可否认的现实"②。在对人名所代表的人和地名所代表的地域中间,诗人尽管都以梦幻的方式进行表达,但最终的指向是现实的,通过某种神秘的直观的方式,走向死者和灵魂,从而展现对生命本质的思考。

总的来说,西方诗歌观念往往是出自人的内心世界,对外在世界的模仿不过是为了放大内在的感受。语言的控制和形式的变化,以陌生化的方式拉开与现实的距离,是在强化后的内心情感的某个点进行的诗歌创作。无论是古典主义诗学传统中以人为中心对爱情、神话的想象,还是浪漫主义诗学将人的热情倾注于外部对象的抒发,又或是象征主义者寻找一种区别日常语言的表达方式的反动,都是如此。当然我们还可以看到表现主义者的直观化写作,而事实上却通过夸大和扭曲的心灵,从侧面反映现实带来的伤害,以及转向东方的诗歌意象表达和梦幻的超现实主义手法,以超脱现实带来的痛苦。诗歌伴随着人类的苦难而变得尖锐和敏感,它并非一种神秘主义的表达,而是在试图冲破现实阻碍,不断创新形式和内容。

---

① 博尔赫斯.博尔赫斯全集·诗歌卷:上[M].林之木,王永年,译.杭州:浙江文艺出版社,2006:89-91.

② 博尔赫斯.博尔赫斯全集·诗歌卷:上[M].林之木,王永年,译.杭州:浙江文艺出版社,2006:39.

第二章　现代汉语新诗流变

　　现代汉语新诗是一个学习西方,同时又自我更新,并逐渐探索现代汉语特性的过程,因此它也伴随着对西方诗歌和中国传统的态度变化而转变。我们可以大致从以下八个方面来看现代汉语新诗流变的过程。一是白话文运动前期,中国古典诗歌的新意象化阶段;二是白话文运动时期的新诗写作;三是新诗的中国化探索:格律诗的古典挖掘;四是现代诗歌的探索与革新;五是政治抒情诗的表达;六是归来者诗歌群的重现绽放;七是朦胧诗:形而上的思考与反叛;八是第三代诗人:形而下的冲突与挑战。

一　中国古典诗歌的去格律化和新意象化

　　大部分人都将新文化运动(即白话文运动)作为现代汉语新诗的开端,但事实上,对新诗的尝试在更早以前已经出现了相应的探索。尤其是在黄遵宪这里,表现尤为明显。早期的维新者们,对文言文写作与现实应用之间产生的问题和诗歌内容的陈旧性问题都有了清醒的认识。1899 年,梁启超提出"诗界革命",主张诗歌语言要冲破格律和典雅,转向自由诗和通俗诗的写作,由此打破拟古派和形式主义的传统诗歌写作。如他在《自厉(其二)》中所写:"献身甘作万矢的,著论求为百世师。誓起民权移旧俗,更研哲理牖新知。十年以后当思我,举国犹狂欲语谁?世界无穷愿无尽,海天寥廓立多时。"这首诗虽然依旧套用了古典律诗的格律和平仄,但在表达上已经缺乏传统诗歌典雅的韵味,尤其是"民权"和"哲理"这些词汇的使用,在一定程度上更新了汉语诗歌的词汇库。而其中最具代表性的诗人,其实是黄遵宪。

　　1868 年他写了一首《杂感》诗,其中"我手写我口,古岂能拘牵"一句表现出他的诗歌旨趣,不再是对山水抒情,而主张适应实事的创作,摆脱古典诗歌的影响。尽管如此,提出这一观点的黄遵宪,依然没有走出古典诗歌形式的牢笼,只是在这之中进行了关于意象的改变,这些意象伴随着列强打开国门所引入的新事物而进入到他的诗歌中,同时他创造出新词,革新传统的意象类别。《小女》中"欲展地球图指看,夜灯风幔落伊威"①,《今别离》中"今日舟与车,并力生离愁""所愿君归时,快乘轻气球"②,《感事》中"世人已识地球圆,更探增冰南北极"③,在这些诗句中,诗人一方面改变了古典诗歌文言文拗口难懂的风格,使用通俗易懂的句子进入到诗歌表达中;另一方面对诗歌传统意象进行了改变,如古代舟意味着离别,现代车(这里指火车)也意味着离别,同时加入了新认识的事物,地球、南北极等词汇的使用,丰富了诗歌的意象。

二 白话文运动时期的新诗写作

尽管黄遵宪的诗歌写作被认为是"新诗派"的创作,但依旧面临古典诗歌传统形式的束缚,同时一味追求新意象化,而缺乏自我的精神内核。在新诗的内涵中,诗歌体式的新颖和表现的个性化两个方面是主要的内容,因而黄遵宪的诗歌创作只能说是现代汉语新诗的一个启蒙阶段,真正萌芽的时期,还是要到胡适的《尝试集》和郭沫若的《女神》。

首先是胡适。胡适的诗歌创作本质上并非诗歌的创作,而是某种散文化的东西,更多的是从语言和诗歌体式上进行革新。一方面,胡适大胆使用白话文入诗,"我私心以为文言决不足为吾国将来文学之利器。施耐庵、曹雪芹诸人已实地证明作小说之利器在于白话,今尚需人实地试验白话是否可为韵文之利器尔"④。胡适秉着在韵文中实验白话文写作的想法,创作出《尝试集》。我们可以看看他的尝试,如《湖上》:"水上一个萤火,水里一个萤火,平排着,轻轻地,打我们的船边飞过。他们俩儿越飞越近,渐渐地并作了一个。"⑤从这首诗里,我们可以看到他十分平白的语言表达,诗句基本上以散文式的叙述进行,同时没

---

① 陈铮.黄遵宪全集:上[M].北京:中华书局,2005:114.
② 陈铮.黄遵宪全集:上[M].北京:中华书局,2005:121.
③ 陈铮.黄遵宪全集:上[M].北京:中华书局,2005:123.
④ 胡适.尝试集[M].北京:人民文学出版社,2000:1.
⑤ 胡适.尝试集[M].北京:人民文学出版社,2000:64.

有以往古典诗歌的绝句和律诗的形式要求。胡适的诗歌创作在我们看来是不成熟的诗歌写作,但相较于古典诗歌的文言文创作,白话文写作能更好地表现现实。正如他在序言中所说:"我自己对于社会,只要求他们许我尝试的自由。社会对于我,也很大度的承认我的诗是一种开风气的尝试。"①因而在现代汉语新诗的写作中,我们应该看到的是他大胆求新求变的精神,而非吹毛求疵地以现代审美眼光进行批判。

其次是郭沫若。相较于胡适的新诗尝试,郭沫若的诗歌创作已经完全摆脱古典诗歌的形式,以现代自由体诗进行创作。更为重要的是,他的诗能够体现出抒情主人公的自我形象。在古典诗歌传统中,诗人是隐藏在诗歌背后的,甚至在白话文运动时期,大部分诗人还是延续传统的表达方式,作者是被隐藏的,直到郭沫若的《女神》才有所改变。他在《女神》序诗中说:"我是个无产阶级者:因为我除个赤条条的我外,什么私有财产也没有。《女神》是我自己产生出来的,或许可以说是我的私有。"②通篇都有一个"我"的存在,诗人的自我形象不断地强化,这在过去诗歌的写作中是基本没有出现过的。在接下来的句子里,"我要去创造些新的光明……我要去创造些新的温热……我要去创造个新鲜的太阳"③,诗人始终以"我"作为叙说的主体,将对这个世界或者说新的世界的渴望,以强烈的情绪表达出来。

因而,白话文运动的新诗写作,主要表现在两个方面:一是通过胡适等人的白话文创作,进入到诗歌的写作中,突破传统古典诗歌形式;二是改变诗人隐藏在文本背后的表达方式,以"自我"的形象表达自我的意愿。

三 新诗的中国化探索:格律诗

不管是胡适的白话文新诗创作还是郭沫若的"自我",其实大都依照西方的表达来进行,但相较于中国的现状和文化背景,它们之间还是有非常大的不融合的现象。胡适从古典诗歌意象和西方意象主义诗歌中找到共同点,进行现代

---

① 胡适.尝试集[M].北京:人民文学出版社,2000:3.
② 郭沫若.女神[M].北京:人民文学出版社,1958:1.
③ 郭沫若.女神[M].北京:人民文学出版社,1958:6-7.

汉语诗歌写作的尝试,但是没有将诗歌与散文进行区分。而郭沫若面对西方的浪漫主义资源,对于民主和自由的政治追求过分强调,忽略结合中国精神内核的东西,显得浮躁。面对这样的诗歌写作状态,接下来的诗歌写作者则在这种狂热之中冷静下来,试图从中国传统诗歌中汲取营养,尤其注重对格律和平仄节奏的重新运用,其中的代表人物为闻一多、徐志摩等。

在早期,闻一多更多是以郭沫若的抒情主体形象出现的。"我是中国人,我是支那人!"①"支那人"在当时是被贬低的柔弱不堪的中国人的形象,诗人在诗歌中进行表达,是需要很大自信心的。对诗人而言,这一自信来自中国的传统文化背景,是深厚的文化底蕴带来的。到后来,闻一多与徐志摩、朱湘等一起研究诗歌形式,以《晨报·副刊》为发表阵地,"他们希望在视觉与听觉两方面协调考虑诗歌的形式问题,在视觉方面做到诗节的匀称和诗句的齐整,在听觉方面注意音节、平仄、押韵的节奏意义"②,也就是我们常说的音乐美、绘画美和建筑美。这一理论的实践,在徐志摩的诗歌中有了最大的体现,如《悲思》:

悲思在庭前——
　　不;但看
　新萝憨舞,
　紫藤吐艳,
　蜂恣蝶恋——
悲思不在庭前。

这一小节里,诗人进行押韵的韵母是 an,而且为了结构的对称,第二句"不;但看"中的"不"字,因为字节向右移,与最后一句的"不"位置对应,中间三句都以四字为标准,整齐划一,第一句和最后一句的句式一致。诗人从押韵、节奏、形式和诗歌句式几个方面,完成新格律诗派关于诗歌的实践创作。当然,我们也可以看到,在这首诗歌中,为了押韵和形式的对称,整体来说缺乏诗歌情感的丰富性和活力,给人以死板的感觉。主要的原因和古典诗歌押韵等所带来的限制是有关系的,在这方面,新格律诗派的诗人们对诗歌内在节奏和情感的把

---

① 张巨才,刘殿祥.闻一多学术思想评传[M].北京:北京图书馆出版社,2000:100.
② 王光明.现代汉诗的百年演变[M].石家庄:河北人民出版社,2003:12-13.

握显然是不足的。但他们对之后的诗歌创作影响却意义非凡,像冯至的十四行诗、林庚的九言诗等等。在对诗歌的形式探索中,现代汉语新诗不再单纯追求西方的表达方式,而是寻求现代汉语特征下的诗行表达。

四 现代诗歌的探索与革新:象征主义

格律诗的探索,囿于押韵、形式和节奏(这里的节奏还是指词语的平仄关系),并没有认清现代汉语的音节特点,还是停留在古典诗歌传统之中。对现代汉语特点的认识,从词语内部找寻节奏和意义,完成对现代诗的最终确立,还是要谈到象征主义的内容,这里面包含了三个时期:20世纪20年代的早期象征主义,代表人物是李金发、穆木天、王独清等人;20世纪30年代,以戴望舒、卞之琳等诗人为代表的"现代派";20世纪40年代,以穆旦、郑敏等诗人为代表的"新生代"[1]。

李金发师法波德莱尔、魏尔伦,所以更多倾向于关于"恶"的审美特点。在《生活》这首诗里,诗人说:"我见惯了无牙之颚,无色之颧,一切生命流里之威严,有时为草虫掩蔽,捣碎,终于眼球不能如意流转了。"在中国传统的文化里,很少触碰死亡的内容,我们大都对美好进行歌颂,而诗人在这里所看到的无牙之颚、无色之颧,表现出生命凋零的外在现象,最终眼球不能如意流转。诗人通过对人的面貌的描写与死亡挂钩,以象征的方式表现对死亡的认识。尽管诗人李金发的汉语并不好,在他与徐霞村的通信中,也谈到自己话说不好,可是写诗却没有问题。或许正是他缺乏对现代汉语的基本知识的理解,反而更能够去感受语言内部的质地,同时改变当时的语言表达方式,引领一种新的、陌生的诗歌表达方式。

当然,正是这种原因,李金发的诗晦涩、难懂,甚至他自己都不甚清楚。所以,在20世纪30年代,戴望舒等人重新找回主体抒情的表达,在《雨巷》中,他以"丁香"这一传统意象为媒,塑造了一个撑油纸伞的姑娘的幻象,将"丁香"的愁与"姑娘"的美好形象进行对比,从而表达诗人对当时社会环境的迷茫情绪。

---

[1] 杨春时.中国现代文学思潮史:下[M].南京:南京大学出版社,2011:970.

而卞之琳在《断章》中写道:"你站在桥上看风景,看风景人在楼上看你。明月装饰了你的窗子,你装饰了别人的梦。"诗人不仅仅是给人们描绘两个看风景的人。桥上看风景的人和楼上看风景的人是两个截然不同的主体,在这两个主体中,桥上看风景的"你"是没有意识到楼上看风景的人的。也就是说,在第一句中,"你"构成了别人的风景,而第二句中"你"又成了别人的梦。在你看风景的同时,你也是风景中的一部分,这涉及哲学的相对性问题。在这两个截然不同的主体中,诗人象征性地表达了关于世间万物的相对性,善与恶、美与丑、生与死,正是在这种相对的关联里,诗人获得精神的自由与超越。

随着政治环境的变化,诗人们更加关注现实的经验。受燕卜逊的影响,"九叶派"诗人代表穆旦接触到艾略特、奥登等象征主义诗人,学习其对事物的感应和现实冲突呈现的表达技巧和方式。比如在《裂纹》中:"每一清早这安静的市街/不知道痛苦它就要来临,每个孩子的啼哭,每个苦力/他的无可辩护的沉默的脚步,和那投下阴影的高耸的楼基,同向最初的阳光里混入脏污。"[①]就像艾略特将"生不如死"的精神世界指向妓女、小市民的偷情一样,穆旦将目光转向啼哭的孩子、苦力,面对战争所带来的灾难,生存在世间的人,从清早醒来就注定要去忍受。"穆旦的始终努力在于通过这些丰富的事实进入关于整个民族生命存在的久远的话题:他的诗句穿透大地的表层穿透历史的沉积,他展现人们感到陌生的浩瀚的精神空间。"[②]

象征主义伴随着对现代汉语诗歌尝试的浅白、浪漫主义抒情带来的政治化口号的空洞、格律诗缺乏对现代汉语内在词语节奏的理解这三个方面进行补充和革新,最终既融合西方象征主义的思潮特征,又结合中国传统内容和现实,完成现代汉语新诗的实践。

五 政治抒情诗的表达

新中国的成立是现代汉语新诗的另一个转折点。政治抒情诗的表达成为新中国现代汉语新诗的发端,他们继承了20世纪20年代瞿秋白、蒋光慈,20世

---

① 穆旦.穆旦诗全集[M].北京:中国文学出版社,1996:169.
② 穆旦.穆旦诗全集[M].北京:中国文学出版社,1996:15.

纪30年代田间、艾青等诗人的抒情传统,更多地将歌颂对象集中在新中国、新政权和新领袖上,较为著名的诗人代表有郭小川、贺敬之等。

"作为诗人,郭小川的意义不仅仅在于他对他所亲历的现实生活以及特定的时代精神的独特把握,和同时代的诗人相比,还在于他具有更大的超越性。在那个思想和艺术都推行标准化的特殊时代,郭小川保持了诗人最可贵的独立精神。"[1]在郭小川的诗歌中,我们可以发现大量的关于个人抒情的词句,尤其是"我"这样的词汇。如作品《草鞋》中,"我就换上我的草鞋/跑步,钻进我的同志之群去了……我涨红了脸……我就淹没在一条草绿色的/无数的人群的河流里/冲走了……而我发现/我的同志们都穿的是草鞋"[2]。从诗歌的意义中我们可以看到诗人作为革命战士群体中的一员的自豪感,但却因为全诗以"我"为主体的抒情表达,是对人民群众这一群体的搞特殊化的呈现,因而郭小川被贴上搞个人主义的标签,受到批判。但他依然坚持关于自我的表达,在大多数歌功颂德的群体表述中,个人的凸显尤为另类,而郭小川的闪光之处,正是在于他对个人与集体、个人话语与国家话语之间存在的冲突和矛盾的表达,使得作品更加鲜活和真实。

贺敬之是与郭小川完全不同的一位诗人。在他的诗歌作品中,我们能够看到新中国时期,百废待兴,人民建设新中国的热情和对未来充满希望与信心。"在诗人40年的创作中,除了《乡村的夜》是对旧世界的控诉和鞭挞以外,其余的差不多全是对新社会的赞美和歌颂。"[3]而他最大的诗歌贡献,来自他结合俄国诗人马雅可夫斯基的楼梯体形式对现代汉语诗歌内部结构的改造和运用,如《我走在早晨的大路上》[4]:

我,十八岁,向前走,唱着,
　你们,也向前走,
　　从我的左肩擦过,唱着;

---

[1] 颜红菲.得失与启示:重读郭小川的政治抒情诗[J].海南师范大学学报(社会科学版),2013(4):65.
[2] 郭小川.郭小川诗选[M].北京:人民文学出版社,1977.
[3] 赵敏俐,吴思敬.中国诗歌通史·当代卷[M].北京:人民文学出版社,2012:155.
[4] 贺敬之.贺敬之文集:1　新诗卷[M].北京:作家出版社,2005:82–83.

从我的右肩擦过,唱着。

我什么也不想,
我,一点也不怀疑,
我面对你呵,我的大地,
如同向日葵对于太阳一样真诚不二。

我的头脑是清醒的,
像那被太阳光穿透的露珠。
在会议上允许我发言,
在我的道路上允许我大步向前而且唱歌。

这首诗一方面在诗歌的形式上遵循了马雅可夫斯基的楼梯式,另一方面结合现代汉语的特点,他并没有仿照俄语使用三个或四个重音进行表达,而是根据现代汉语的内部语言节奏进行创作。通过大量运用叠词和对偶句式,像"从我的左肩擦过,唱着;从我的右肩擦过,唱着",更加适合朗诵和写作歌颂类的内容。正如卡西尔在对莎士比亚的作品进行评价的时候说:"一首诗的内容不可能与它的形式——韵文、音调、韵律——分离开来。"[1]贺敬之最大的特点不仅是歌颂的内容和面对新中国的建设热情,更在于他对现代汉语形式进行的诗歌写作实践。

六 归来者诗歌群的重现绽放

"归来者"是一个历史的称呼,意味着过去被掩埋的经历。"归来者"诗群包含过去三个方面的诗人群:一是反右运动中的"反派",如艾青、流沙河、昌耀等;二是原七月派诗人,如牛汉、绿原等;三是原九叶派诗人,如陈敬容、郑敏等。由于"文革"的影响,模式化的写作让人们彻底失去了自我的生活和情感。

---

[1] 卡西尔.人论[M].甘阳,译.上海:上海译文出版社,1985:198.

"归来者"对过去的诗歌写作形式的破除,最开始体现在语言的使用上。在艾青的诗集序言中有这么一段话:"我今年六十八岁。按年龄说并不算老,但是,有许多年轻的朋友都死在我前面,而我却象(像)一个核桃似的遗失在某个角落——活着过来了。"①这种遗失或许是幸运的,比起死在前面的人,艾青最终还是回到了充满生气的世界里。他在《失去的岁月》中写道:"不像丢失的包袱/可以到失物招领处找得回来,失去的岁月/甚至不知道丢失在什么地方……失去了的岁月好像一个朋友,断掉了联系,经受了一些苦难,忽然得到了消息:说他/早已离开了人间。"②这是艾青1979年8月写的一首诗,在整个的诗歌语言里,就像一个普通人在对着另一个人进行交谈一般,没有像"我对这土地爱得深沉"的强烈抒情,只是一种口语化和日常语言的使用。这让我们看到诗歌在革命政治抒情之外的、走向真实的途径。

而另一位诗人牛汉,则将诗歌实践转向私人化的写作,而不是集体的歌颂。他说:"没有我,没有我的特殊经历,就没有我的诗。"③如他的《半棵树》这首诗歌:"真的,我看见过半棵树/在一个荒凉的山丘上/像一个人/为了避开迎面的风暴/侧着身子挺立着。"④这半棵树是饱经风霜的,瘦小、干枯,结合牛汉的经历,据说这是他见到著名诗人冯雪峰的样子之后创作而成的,这里的"像一个人"其实就是指冯雪峰。诗人冯雪峰是鲁迅的挚友,但在"文革"期间被打成"反派",诗人的身体也不好,进行了胃切除的手术,所以他个人显得很瘦弱,正是冯雪峰的这一形象触动了牛汉。这首诗描写的不仅是冯雪峰的苦难,其实也是自己经历的表达。

---

① 艾青.艾青诗选[M].北京:人民文学出版社,1979:自序3.
② 艾青.艾青诗选集[M].西安:陕西师范大学出版社总社,2019:329-330.
③ 赵敏俐,吴思敬.中国诗歌通史:当代卷[M].北京:人民文学出版社,2012:271.
④ 赵敏俐,吴思敬.中国诗歌通史:当代卷[M].北京:人民文学出版社,2012:273.

七　朦胧诗:形而上的思考与反叛

在经历"归来者"诗人们的思想解放和自我表达之后,事实上,人们一直停留在政治抒情诗的模式当中,尽管他们转向了日常的表达,但在经历了痛苦后,当时人们的精神世界依然是关闭的,对现实世界始终处于戒备和有所保留的状态。"朦胧诗"的代表们,从这一方面入手,力求真实再现人们的心理,开始拒绝直白的表达,以北岛、舒婷、顾城等为代表的诗人从诗歌技巧、形式方面进行探索,以民刊《今天》为阵地进行创作实践。

像北岛早期的《回答》还保留着新中国成立以来的直白表达,但到了后期,走向朦胧诗的艺术技巧中。如他的诗歌《重建星空》[①]:

一只鸟保持着
流线型的原始动力
在玻璃罩内
痛苦的是观赏者
在两扇开启着的门的
对立之中

风掀起夜的一角
老式台灯下
我想到重建星空的可能

鸟与星空的关系,我们可以理解为飞翔与自由空间,重建星空事实上意味着对个人自由的肯定。在这首诗中,鸟在玻璃罩内,就和我们常说的在鸟笼中的金丝雀一般,但在这里痛苦的却是观赏者。鸟一方面可能是诗人的化身,经历着被禁锢的不自由;另一方面,诗人也可能是痛苦的观赏者,是对人们精神世

---

① 北岛.在天涯:诗选 1989—2008[M].北京:生活·读书·新知三联书店,2015:6.

界的审视者,从而拥有重建星空的想法,星空指向内心世界的精神自由。诗人没有直白地表达对自由的向往,类似于"若为自由故,两者皆可抛"的表述,而是以非常隐晦的方式进行的。

这种表达也会在舒婷的诗中看到,比如《致橡树》,关于橡树和木棉,两者之间关系的意义,在空间(南方和北方)的间隔里已经失去未来的可能性,舒婷却在这里对男女爱情进行探讨。这种表达其实在我们现在的诗人看来不足以构成朦胧诗的特征——晦涩难懂。可是这一时期,现代汉语诗歌的表达力求直白明了,人们习惯直接抒情和叙事的方式后,朦胧诗的出现给人们带来了阅读和理解上的挑战。

所以,朦胧诗的诗人们,一出现就带着对过去现代汉语新诗表达的反抗。在顾城这里我们同样可以看到他对秩序与反秩序的矛盾理解,我们可以看看《门前》和《避免》两首诗。"我希望……"这是顾城的自我表达,和海子"我只愿,面朝大海,春暖花开"一样,是内在的表达,而不是外在的,事实上,顾城也很少在意外在的世界。"草在结它的种子,风在摇它的叶子",这是顾城的"愿",也是他内心世界的"秩序"。它遵循了自然万物的生长规律,它不要求人类的干涉,"我们站着,不说话,就十分美好",行为上不能动,语言上不能说话,在他的世界里,人类连声响都不要发出来,自然保存完整的原生态效果。从生态批评的角度来说,他为自己建构了一个诸如沈从文湘西世界的"原乡",而他的"原乡"是有"秩序"的,这个"秩序"是天地初开就安排好的"秩序",生老病死,天理循环,是道法自然的"秩序"。在这个秩序里,"草"结种子,"风"摇叶子,"我们"作为外来者,站着就好,享受这个天地的"秩序"。

但从《避免》一诗中,我们又看到一个"反秩序"的现象,"你不愿意种花,你说,我不愿意看它一点点凋落",这是对美好事物的怜惜,在诗人的眼中,美的事物都是永恒的,如果不是,那么"你不愿意"。和《门前》一样,它以"你不愿意"起头,同样是一种内在的表达,而第二人称的使用,其实更能反映顾城内心的抗拒。他不能接受美好事物的消失,甚至不敢以"我"来面对,所以他用"你"来表达自我的意愿,但他却觉得这样不足以表达这种抗拒的强烈,于是有了自陈的答案:"是的,为了避免结束,你避免了一切开始。"这是他对"你"、对美好事物消亡态度的不明确的加强和反击。而自然发展规律,或者说顾城在《门前》建立的"秩序"在这里被打破,所以在这种表达里,我们看到了"反秩序"的出现。

"秩序"与"反秩序"的矛盾,如同他的"童话"和"暴力",但正如诗中说的"我们站着,不说话,就十分美好""我不愿意看它一点点凋落",这两首诗都有一个相同的指向——美好。事实上,顾城内心世界的最高秩序是保留美好。他的"童话"是为了美好世界的建构,他的"暴力"也是为了美好的永恒,他内心的"秩序"与"反秩序"是融合在"美好"这一词汇之中的。

因而,朦胧诗的诗人们大都是朝着某个抽象的世界思考的,他们的诗歌是一种向上的、对诗歌哲学和思想境界的表达。

八 第三代诗人:形而下的冲突与挑战

事实上,朦胧诗派的立场是精英化观点,在形而上的诗歌理想的表达中,能够与之进行对话的,必然是经过系统的学习、有一定学识积累的读者,只有他们才能将朦胧诗读懂,使之成为清楚明白的诗歌。于是,到了第三代诗人(也称为新生代诗人)这里,打倒和超过朦胧诗派的北岛、舒婷的口号日渐高涨。"从诗人代际特征来分析,我们完全可以理解'第三代'诗人们在当时对朦胧诗的反叛,他们所张扬的反精英和平民化的诗歌理念,即是要达至一种主体觉醒与超越性的理想之真。"[1]我们可以看到这个诗歌群体的涉及面是非常广的,比如三剑客西川、海子、骆一禾,"非非主义"的杨黎、蓝马,"他们文学社"的韩东、于坚,"莽汉主义"的李亚伟,女性诗歌群体的翟永明,等等。第三代诗人的现代汉语新诗的创作是具有先锋性的实验。

西川强调的是诗歌的问题意识和个人体验,而海子则是强调对整个生活的热情,如"明天的粮食与灰烬/这是绝望的麦子""田野全是粮食和谷仓""从明天起,关心粮食和蔬菜"[2]。当然我们知道,海子对生活的全部热情来自对现实的残酷,他的美好理想被柴米油盐的生活击垮,这一点包含在他与家人的关系中。海子对生命本质的理解,对理想的坚持,随着他卧轨自杀的行为升华到高

---

[1] 刘波."第三代"诗歌论[D].天津:南开大学,2010:12.
[2] 海子.海子作品精选[M].武汉:长江文艺出版社,2012:4,6,9.

潮,伴随着的是"我的手稿/更深的埋葬,火的内心充满回忆/把语言更深的埋葬/没有意义的声音/传自岩石的内脏"①。诗歌语言的实验由美好的表象转向沉默中的绝望。

杨黎的口水诗,也叫废话诗歌,是对意义的反叛。"非非主义"本身就包含着不信任和不确定性,这在一定程度上延续了西方后现代主义尤其是存在主义哲学思潮的影响。"每一种事物都可以在另一种事物中找到虚构/一支香烟最终将被另一个火从头上点燃/我们在对话。于是我们成为对话。"②这是诗人的主体性体验,来自日常生活的关照与形而上思想的融合,对话在这里成为一个象征的关系,却因为重复让人感受到这是废话的表达。但我们知道,"我们在对话"和"我们成为对话"事实上是两个不同的意思,"我们在对话"是经历着的现实,而"我们成为对话"是一种体验,人与人之间关系的体验。

而"莽汉主义"的诗人们,就像城市中的蛮牛,被意识形态化的普通话在这里遭受到冷遇。在李亚伟的诗集《豪猪的诗篇》里,我们单纯去看目录中他给每一卷的名字,如《好汉的诗》《醉酒的诗》《好色的诗》……我们仿佛看到《水浒传》里梁山好汉的形象,在现代的世界里,好汉们"用头/用牙齿走进了生活的天井,用头/用气功撞开了爱情的大门"、酒鬼们"我想离开自己/我顺着自己的骨头往下滑/觉得真他妈有些轻松"、好色之徒"被窝一黑,美女就出现在大家干得到的地方"③等等,他们不顾学者的温文儒雅,就像在红高粱土地上做短工的汉子们,喝酒吃饭谈女人,不时爆几句粗口。

女性在这时期也不甘示弱,"今晚所有的光只为你照亮/今晚你是一小块殖民地""因此,我创造黑夜使人类幸免于难""她已站在镜子中,很惊讶/看见自己"④。在黑夜中,女性开始将私密呈现出来,将自己展现出来,保持这种"黑夜意识"是翟永明对自己的保护,又是自己对个人清醒的认识。正如她自己所说:"保持内心黑夜的真实是你对自己的清醒认识,而透过被本性所包容的痛苦启

---

① 海子.海子作品精选[M].武汉:长江文艺出版社,2012:97.
② 王光明.现代汉诗的百年演变[M].石家庄:河北人民出版社,2003:550.
③ 李亚伟.豪猪的诗篇[M].广州:花城出版社,2006:2,43,86.
④ 万夏,潇潇.中国现代诗编年史:后朦胧诗全集:上卷[M].成都:四川教育出版社,1993:283,285,288.

示去发掘黑夜的意识,才是对自身怯懦的真正的摧毁。"①

  所以,总的来说,现代汉语新诗在最初的启蒙酝酿阶段是一片空白,白话文意味着的不仅仅是现代汉语的口语化现象,更多的是呈现出初始的阶段。在五四运动的影响下,现代汉语新诗一直处在粗浅的阶段,从第三代诗人开始,现代汉语新诗才真正突破过去,展现个体在社会生活中的真实体验,同时也涌现出大批值得阅读的诗人,像江河、杨炼、柏桦、王家新等等。现代汉语新诗经历一百多年的历程,这里只是简单回顾,诗歌的写作在历史之河中经历了漫长的探索与实践,我们的诗歌写作学习同样处在一个探索的过程,而不是一个确定的结果。

---

① 刘波."第三代"诗歌论[D].天津:南开大学,2010:146.

第三章　诗歌写作与自我

诗歌被誉为文学王冠上的明珠,更被看作是人类智慧的结晶。古今中外的诗歌传统从未断绝,一直以它独有的形式,记录着每个时代的光辉与独特的心灵。

我国最早的文学作品是一部集大成的诗歌总集《诗经》,它是中华民族早期文明的璀璨呈现。在我们课堂内外的教育中,诗歌也被放在一个非常重要的位置,甚至评价一个人是否"有文化"的标准,就是看他的文学修养尤其是诗歌修养。

我们与诗歌的这种近乎自然而然的关系,使得诗歌成为我们生活中不可或缺的部分。只是大部分人都是用心体验着诗歌,只有少数人拿起手中的笔,尝试写下关于自我的诗。

从事诗歌写作的人,他们的选择几乎可以认为是偶然的,他们在理解世界与感受生活时,恰好选择了诗,但这种选择又可以看作是必然。诗歌作为一种独特的文体,最易于抒发内心的感受与思想,既可以抓住片段的、稍纵即逝的灵感,又可以容纳绵延的、博大深沉的思想。当一个人选择用诗歌的形式,表达自我对这个世界的感知,让它参与自我的精神建构时,诗歌写作与自我就发生了关系。

诗歌写作与诗人自我的关系,综合来说有以下三种:诗歌写作与自我表达、诗歌写作与自我梳理、诗歌写作与自我救赎。

一　诗歌写作与自我表达

里尔克在《给一个青年诗人的十封信》的第一封中,向选择写作的青年弗朗茨·克萨韦尔·卡普斯的灵魂发问:"走向内心,探索你生活发源的深处,在它的发源处你将会得到问题的答案,是不是'必须'的创造。它怎么说,你怎么接受,不必加以说明。它也许告诉你,你的职责是艺术家。那么你就接受这个命运,承担起它的重负和伟大,不要关心从外边来的报酬。因为创造者必须自己是一个完整的世界,在自身和自身所连接的自然界里得到一切。"

自我表达的原初,就是这种"必须"的创造。俗话说,青春情怀总是诗。每个正青春的人,自我意识尤为强烈,走一段路,说一席话,乃至做一个梦,无边的思绪在心里奔涌不息,总想找个途径一吐为快,诗歌就诞生了。由此产生的诗歌,就是诗人意欲通过分行的文字,将内心的种种喜悦或悲伤、想法或困扰、爱欲或自省、现实或梦想抒发出来,然而只有感受到了那种"必须创造"的人,才能成为真正的诗人。

这种"创造"可以看作是自我的抒情释放。个人对这个世界的认知、情绪的起伏、情感微妙的变化、理想与现实的矛盾等,在内心蓄积了太多的情绪、情感与思考。有的人通过阅读理解,有的人通过运动释放,有的人经由诗歌吐露出来,完成一次对自我的调节。比如下面这首诗:

遭遇
查金莲

遭遇月色、雾水
用无法表现的方式
呈现这件不愉快的事情

遭遇自己
于意识清醒前,打磨
光线,湖面,稀薄的网

深入生活
转向不被认知的视角
颜色正在填充——

背影,于黑暗中

曾被灵魂拒绝

查金莲这首诗，就是自我表达的一个典型。出于女性敏感细腻的心理，她将自我与世界的遭遇（与自然、自我和社会的照面），以及内心的情感波动，抽象化后，经由颜色表现出来。那些最易被诗捕捉的部分，被她抓住了，现实的真切与自我认知的模糊，在她的心里留下波澜，她把那一刻渴望理解与被理解的内心记录了下来。

作为诗歌写作初学者，要做一个有心人，养成记录的习惯。一个热衷体察与记录的人，无时无刻不被外界或内心的所见所感所触动，有着倾吐的欲望，睹物思情，又与记忆中的景象联系起来，让这种莫名的情绪变得更复杂也更真切。

交谈，但偶尔也神采飞扬
莫小雄

晚雨洗漱玻璃，稀零零。
蚂蚁飞过窗帘；翅膀。夜幕升起他薄如蝉翼的童年。
回忆之境，春归之燕，离家之念……
抄写几行文字，抬起头听听方言，
风声雨声翻书声。
谈笑间不具名之物滚落桂林山石。
搬走，又运来，
火车站的人流，你是其中之一；假定你也刚好经过月台。

穿过故事，主角互不认识，就像几个互不熟识的人——我们
交谈，眼角抖落些断裂的蚂蚁翅膀；
我们交谈，但偶尔也神采飞扬。

莫小雄将现实与记忆混合在一起，用镜头叙述般的语言，打量着周遭的世界，一些类似的记忆在打量的途中，从脑海中飞跃出来，犹如历历在目。景物与行为落在纸上后，重构起了另一种现实，在那里面，交流从声音变成了动作，从

文字变成了视觉图像,平静的画面带来了过往的滋味,难以抑制。

对于急欲表露内心所想、急欲与这个世界发生关联的人来说,外在的刺激对他们而言已经无关紧要,那种倾吐的欲望早已湮没一切,他们只想着怎样将自己的激情抒发出来,乃至把"书写"这种行为当作书写的对象。

书写
李雅倩

为了书写
我跨过夜深
在书架里找寻器具

双手才刚苏醒
需要,墨水与钢笔
需要相信

笔之外,没有依靠
字迹如同无骨的躯体
瘫痪在重力之中

水声冲刷夜色
打搅梦里的灵魂,也让它
在文字的幻觉里成形

床灯的暗度
搅浑着区别于黑的蓝

李雅倩将自我表达抽象化后,化作内心对写作的强烈渴望,这种渴望没有具体的表达缘由,不是出于某种具体的触动,而是源于一种非做不可的激情。这种热望推动着她不顾一切,也冲破一切阻碍,就是为了能够拿起那支笔,蘸上墨水,然后留下字迹,将那一刻定形,也只有书写才能让她获得"区别于黑的蓝"的内心平静。

可是还有些人,他们也许将目光更多地投射在外在世界,很早就发现了隐秘其中的某种规律或真相。这种发现对他们来说是如此震撼,给过去的经验带来了强烈的冲击。这种内心的风暴,让他们抑制不住地想要写下来。

树上的疯子
陈国飞

树叶哗哗笑
因为疯子在那儿
一种为试图理解而造成的疯癫
关于生命的真理
一切都是模拟和泡影
一切又是别的东西

更多的人聚在一起,依次传递
一个现实望尘莫及的句子
树上的疯子也写下自己的问题
而他来不及抓住冷漠的眼睛
当然,没有荒诞的重负
渴望躲进夜的缄默不语

废弃已久的枯井
为美好口了的源初性
而重复唠叨
那秘密的存在,遣来水中月亮
似乎又有所解答
驯服的语言悄然嬗替

在厌倦和忧郁的后面
在凋敝的林中
那个羽翼雄健的人
依然在晨星的边缘燃烧
像幼小的孩子
折着沙滩上的城堡

翻出时间的书页
避开苦涩的狗尾巴草
莫非,小城野菊味
找到遗忘的事物
不会再有人知道
向着安谧的梦里微笑

冰结的树叶无处可飞
毫无意义的幻想与忧愁
携带着蔷薇的黄昏
朝着群山逃跑
不可捉摸的尽头
最好的真相深不可测

不可思议的温柔
异己的事物妨碍思考
他在说:我知道、我知道
远远的树上,灰雀的巢穴
散发着往昔的欢乐
轻易把人拉入沉默

世界的荒诞在陈国飞看来就像一出喜剧,而喜剧的内核源于悲剧,他很清楚地意识到了这一点。相比于周围人的漠视与无感,这种荒诞便愈加让他感觉到可笑与悲凉。对形而上的热情让他写下了这首诗,而这种对生命荒诞的认识与书写,早已成为诗歌与文学的一个母题。

　　随意列举几个例子,无非为了说明,青春期人的自我意识空前高涨,急欲找寻到一个突破口,这种不自觉的、单纯为了抒发内心所想、不得不一吐为快的表达的冲动,是诗歌写作最初的缘起。这种自我表达的重点,建立在自我对外在世界的认知之上,以直接的观察和抒发为主。这种写作的对象,通常都是外在的事物与内心的情绪情感,作为一种现象被呈现出来。作为一种观察的对象,没有过多的思考带入。这种写作更多的是源于一种表达欲,一种创作的冲动。

　　从最早人类劳作时喊出的号子,到司马迁愤而著书,再到唐诗宋词的兴盛,形成了一个"创造冲动"的传统。诗歌最先以外来之物影响人们,而后又成为人们表达自我之物,从"他者的表达"转变为"自我的表达",这种传统始终在延续。

　　我们在进行诗歌创作的时候,类似于日常生活中照镜子,通过镜子,我们对自我认识形成了一个形象,拉康的镜像理论将之定义为"意象"。就是说,我们创作诗歌的伊始,对自我认识的过程源于镜子里的虚幻影像——我们对创作的内容,有了一定的想象。进而,自我意识进一步异化,进一步延伸,到达"象征界"。这样我们便完成了诗歌创作中的自我形象构建,并在诗歌中寻找到了自我。同时,读者也能从"想象界"逐渐进入"象征界",在诗歌中产生共鸣。这样的诗歌写作与自我表达,才不会过于直白、扁平;而是达到一定的立体效果,具有较大的容量,能够让不同的人进入其中,并透过"镜子",观察到自我,从而达到震撼之感。

二　诗歌写作与自我梳理

　　人的本性都试图忠于自己的感性,这是人的认知或行动的出发点;既忠于其中的真挚部分,也忠于其中的矫情部分——不单单是诗人。诗歌是虚构类的文本,诗歌写作者从来不会只设定一个代表"生活自我"的写作视点。一个诗人,理解自己的感情很重要,对于自己的真挚那部分和矫情那部分应该都有相当的认识,从而通过文本表达出来。

自我表达的冲动在持续的写作中,必然会随着时间的流逝与诗人心智的成长成熟逐渐发生变化。最明显的变化是,诗人不再把诗歌仅仅当成认知与情绪情感的抒发,而慢慢将对自我的梳理融入其中。当读者面对这些作品时,单纯的呈现变得很少,更多的是作为创作主体的"我"在诗中显现出来。也就是说,诗人逐渐在创作中剥离掉属于"公共经验"的那一部分,而把重心放在了对"私人经验"的探掘。

此处的"私人经验"是一个概说,它的主要意思是,诗人在这一阶段的写作中,将逐步摆脱人云亦云的写作,找到属于个体"私人"的表达。这种表达既有对外在世界的批判呈现,又有对自我心灵深处的坦陈与开掘,以及自我在融入外在世界时与众不同的个人体验。这种梳理,将逐渐让诗人在这个世界与时代把握自己的位置,形成自己的写作风格。

自我梳理有着深广的含义,比如自我表现、自我找寻、自我认知与自我建构、自我批判、内在体验与对记忆的再唤醒、对自我与外在的回应,以及自我教育等。诗歌写作作为一种自我梳理的方式,从某种意义上说,选择了它,就是选择了一条最艰难的路途。

著名作家、诗人李浩曾说:"写作,对我来说是一种和我自己、另一个人、另一些人进而是和世界进行对话的方式,我写作,本质上是有话要说,有话想说。我希望我的写作是对自我的梳理和记忆,是我对自己,对世界和人类的真切表达。我希望写下命运,感吁,深思和追问,我希望写下我的幸运和痛苦,爱与哀愁,写下天使的部分也写下魔鬼的部分。我希望写下我对人生的理解,世界的理解,命运和时间的理解。"[①]

他的这段话很好地表达了写作,不论是诗歌写作还是小说、散文写作,作为自我表达与自我梳理的重要意义,不仅是对自我,也是对世界,对时间与空间的确认与重塑。

个体意识到要进行自我梳理,往往是因为遭受到了外界的强烈刺激。这种刺激有可能是内在的思想,但更有可能是外在的暴力,来自语言的或行为的暴力。它直接带来了个体肉体感知的疼痛,以及情绪情感的变迁。

---

① 李浩.写作,向前方[N].人民日报,2014-06-25(24).

暴力

郭国祥

语言的，抑或身体的
伤害是唯一
结果，如同死在墓碑前

骨头与骨头间，对撞、摩擦
被殃及的是皮肤
和细碎的、细碎的阳光

血液通常表现在地面
鲜红、暗红到黑色，这是时间
流逝的明证

斯巴达克和罗马奴隶都难以表现
他们是英勇和残酷
暴力是有意识的，会成长

鱼和狮子的撕咬在继续
如同人类，关在钢筋和混凝土建筑中
用非常态的方式

亡者的灵魂被隔绝
只有欲望保留下来和身体
一同作战

郭国祥在这首诗里探讨的是暴力，以及暴力的延伸，这种行为最直接的表现便是语言以及身体的伤害。普通人在目睹或遭受暴力时，往往会以"暴"制"暴"，而很少去反思与此相关的伦理问题。他用诗来反思暴力的承受与施与，带来的痛楚和伤害,这是剥离了暴力情绪表达后的超然凝视。暴力成为一种审美的对象,拥有了客观的美学体验。

　　来自记忆深处倏然涌现的过往场景,也会悄然占据一个人的身心,让他在某个片刻仿佛被无形的东西所囚禁。那种被称为情绪或情感之物,犹如外在的触碰一样明显与深刻,令人难以释然,并从中参悟一些什么。

祖母

向茗

这里,足迹不再延伸
打战的脚踝支不起这六十年
这里,月亮在山头和屋棚后
睡在脚边,我的祖母年轻时
常出卖身体,给田垄上的几亩玉米苗和稻谷
除草,杀虫
把病变的土地揣在怀中,像呵护我一样

她在菜园子里,鲜红的头巾刺眼
微笑的眼角是美好的。她是黄昏
她是触摸面包的女人之手的美好夜色
连片的绿挣扎着
她夜夜把石头扔进村前的河中
荡起圈圈涟漪,她从被生活偷走的光环中
将躯体装进匣子埋在田垄
叫喊于黑暗的刺藜中

当我站在这里,长久俯视
一行行玉米,草丛那边的小小房舍
白色的墙照出我,一切都变了
这里,足迹不再延伸

我手触摸之下空气中挤满了泥土里
红色的记忆

　　向茗在这首写祖母的诗里,耐心地描述了祖母如何侍弄地里的蔬菜与庄稼,如何细致与充满爱意,从未厌倦,就像当初对待"我"一样。她用了全诗近乎70%的部分来细致描摹,但诗的重心却在剩余的30%里。当祖母在年岁的流逝中归于尘土之后,"我"再次站在了她曾经凝视与侍弄过的土地上,然而"我"已不再是当初的那个人,不再对土地保有如此深厚的爱意,"我"的"足迹不再延伸"到这里,遗留于空气中的,只有漫长而浓郁的回忆。时间推移带来的成长刺痛,在诗人的生命中留下了不可磨灭的印迹,她确认了曾经的自我,又渺然于未来的自我。

　　对于渴望与这个世界发生联系——不论是地理位置上的联系,还是人际关系上的联系——的人来说,每一次的相遇都如此奇妙,每一次的谈吐都如此不凡。甚至当这一切成为过去,各自消失在生活中的某处之后,那种无法释然的感觉依旧充盈在心里,不知不觉间扩张着个体内心的精神版图。

坐地板的孩子长大了
——给小简
刘理海

秋入青原,坐地板的孩子长大了
上幼儿园,林中多彩的天地

学习辨认颜色,挥舞莲藕般小手
没有节奏,像有糖果放入嘴中

那么多新鲜事物在清澈眼中奔跑
也曾把淘气投入湖中激起涟漪

亲爱的小孩,请不要在黑夜哭泣

涂鸦出的童话将驱赶梦中魔鬼

蚂蚁
——给郁陈
刘理海

一副废弃扑克，雨水折磨的痕迹
蚂蚁没有触角林子便是噩梦
远离人群，找一丛雏菊躺下

长江如你长发弯曲，绕过耳际
推门，阳台上巨大的红太阳
在指尖缭绕烟雾，优雅的转身

如同蚂蚁成群觅食的路线
不知名的植物长出鲜亮词语
吸入肺中，属于夜晚的梦游者

饮不尽长江
——给灰狗
刘理海

蛇山在望，登高，敬古人一杯
饮不尽长江，高楼伫立
从远方来，在风中狂笑，列车
不懂胃里酒精捣鼓的故事

抱席而归，夜晚连绵的抒情
找不着一块地摆下条纹变卖的回忆
各自散去，略过的词语

像一个巨大的钟,留在黄鹤楼

无人敲击。夜晚安静能听见蚂蚁
节肢伸曲的声响。有人晚归经过
惊起,像一个松软的梦魇从门外挤进
——月光冰凉,寒秋将至

刘理海的这三首寄赠诗可以放在一起解读。古今中外的诗人留下了无数的寄赠诗。寄赠诗就像是面谈时未曾说尽的话,是朋友和知己间的亲密交流,犹如诗体形式的通信。这三首诗是他对生活及人际关系的体验,是内在的自我寻求同类时发出的声音。自我作为个体,既是自然人,也是社会人,更主要的还是一个社会人。人际交往构成了日常生活的主要部分,外在的社会关系带来内在的心理亲疏,一个人从个体融入集体,持续着对世界的探索,也不断建构着自我。诗人对友人的言说,完成了对自我记忆的梳理,同时敞开了另一个通道,指向未知的可能性。

当一个人用"怎样的"眼光打量世界时,他正是他所打量的"怎样的"对象。他总是无法摆脱这种类似宿命之物,而宿命往往就与悲伤、痛苦乃至绝望相连。这种带着自省意味的打量,往往又是对自我的批判与否定,这种否定与批判并非多么急遽,但足以呈现与塑造个体的心灵。

午餐
罗芳

错愕的戏剧灵魂
向老去的男人招手
纤瘦眼睑略带着失望

典礼仪式在规矩的家族继承
跳蚤一样会晤
不动嘴唇,那些森严的戒备

适合往来的人和小镇

陷入一个接着一个的梦境
光怪陆离迷乱恍惚
人们都没有受挫,镜子使他
端详朽老的容颜

窃窃私语,又喧嚣不止
沿途透风的景色成为疲惫的毁灭者
戏剧体态又带来快乐问候

梦魇折磨至此
折叠的膝盖
撑住颓软的腰肢

午餐,在揉碎的骨骼里唱歌
老去的男人,祈求,再活过一次

  罗芳善于用冷峻的眼光去打量周遭人事,她的眼光既是观摩的镜头,也是一把剔骨的小刀,所以她不仅在打量被观察的对象,其实也在打量自我。在诗中对老去的男人的打量,表面与内里交叉呈现,本体与喻体互相映射,她有着张爱玲般的犀利与嘲讽,也有着她荒凉背后的软弱或说柔情。这种对他者的近乎体无完肤的解剖,其实也是对自我的凌厉,她目睹的是他者现在的垂垂老矣,批判或接受的是未来自我的无可避免。她在诗中深刻的洞察力与自省精神,让诗歌写作变得更加丰富和有意义。

  对内心深处记忆的找寻与重温,也是个体的自我郁结寻求消解之道。对心灵或精神领域中废旧或有害物质的清理,在某种意义上说,是个体自我梳理的一个重要方面。它要求个体与过往达成和解,或重新建立起一个更成熟、更强大的自我。

水记忆

徐启航

水域、香烟、六芒星项链
漫长的夏季,炙烤着缺水的植物
没有四季之分,我们活在唯一的季节中
无可比拟的简单、蔚蓝

田野上桔梗烧成余烬,死鸟
溺水者,长满风信子的水洼都在提示
妈妈,多少次,你只是送别了你自己
而我未曾远行,耽于睡眠,辜负更多的赞美

我们醒来时,压缩的曙色中,槐树脱落的隽永
已成为江南堤岸上锈死的湿泥;而故去的
譬如一个句子的微尘,远甚于人的一生

夜色顺流而至,舒展着城市的筋骨
我在江中泅水,在无数经纬交错的光晕中
我们得以看见另一些人:同时代人
虔诚,惶恐,永不停歇地鞭赶落日
此刻,唯独你坐在岸边望着我
我叫你,你就会回答

过往的缺失总是在水面上映现出来,徐启航似乎深切地感受到了这一点。从前生活中情感的缺失,很容易对一个人今后的成长带来无法磨灭的影响,甚至说,它将直接塑造一个人的心灵。或许他在生活中不断地压抑这种影响带来的后果,但总会在不经意间被看见,然后被放大。水以它镜面般的光滑透彻映照着现实中的他,同时也映照了现实中缺失的部分,即他的母亲,二者在他的视线中纠缠在一起,也让现实里的景物与记忆中的人事穿插在一起。现实被改变

了,记忆也被重新建构,那些曾被误解或未曾感受到的情感或体验,曾经一团乱麻的东西,在自我审视的过程中,重新获得理解和确认。

和与过去的自我和解相似,在身心遭受巨大的损伤之后,个体也会通过自我教育来达到一种新的平衡,以应对外界的影响与冲击。自我教育的前提,是过去的经验已经不足以解决新问题,钻牛角尖般的执拗又必将把自我带入绝望的深渊,只有温和克制的自我说服、忍受,方能让自我重新获得肯定。

溪水

陈洪英

"也许,我好了会回来的"
"或许永远都不回来"

你把自己隔绝在茂盛的丛林之中
我自以为是,贯穿其中一条奔跃的溪流

能带走忧伤的情感废弃物
它们柔软而琢磨不透,比如枯叶
比如树木根茎下的细沙

能掠去你背光一面的阴影
途经你滚烫的月光与星星

总有人要痛苦、欢乐
不是你,就是我,不是他,就是她

如果将要死去
剩余的生命都包裹在你的存在中

水,溪水,成为爱的浪花
掀起,遮住你的阴霾

溪水穿行过植物和行星
把愿望长久地归入河水中

时间、漂浮的种子吹扫
爱的长河尚未结束
像它从未诞生般,默默流淌

一段情感的终止,带给诗人心灵的影响无疑是非常大的。陈洪英在吐露受挫的情感时,就像所有失意的人一样,在创伤中寻求抚慰,并试图走出困境获得治愈。情感的需求是个体融入世界基本的需求,也是个体与世界发生关系的一个重要方面。情感的需求意味着付出与回应,可能是单向也可能是双向,而即便是双向,也有付出多与少之别。一种融洽的情感关系往往是双方付出的对等平衡,失衡的情感关系则是无法自洽的,它必须通过其他方式获得填补或满足。这首诗很好地展现了一段情感关系断裂或失衡后,作为一方的情感主体通过自我教育与肯定,让自我从悲伤中走出来,获得平静。这种自我教育往往是自言自语,说服自我中失衡的部分,接受现实的真实与残酷。通过自我教育,个体完成了一次自我疗愈的过程,并逐渐走向成熟。诗歌写作在此起着一种"树洞"或"置物箱"的作用,将自我的坏情绪与失效的情感放置其中,与自我脱离开来,慢慢被遗忘。

诗歌写作作为一种自我梳理的形式,实际上参与了个体的成长成熟,它与写作者并非截然分开的两个独立个体,而是相互融合、难以分割的。自我梳理是一个漫长的、与个体相伴终生的行为,这种连续性的、不断变化着的心灵和精神层面的抽象之物,经由具象的、持续的诗歌写作行为,逐渐深入,不断撤除与吸收,结果便是个体与整体间更复杂、更深刻的关系。其中既包含着个体对世界的认知变迁,也包含着自我内在经验的不断丰富,同时还包含着个体在探索世界和与其融合的过程中,可以被保留和延续的精神文化积淀。

自我梳理有着各种面向,在此不可能面面俱到。一首好的诗,不会只呈现其中的一个面向,必然包含着更丰富的可解读性,提供更多的命题和经验,被无数的个体一遍又一遍探寻,散发无尽的光辉。

三　诗歌写作与自我救赎

斯蒂芬妮·伯特在论述抒情诗时,曾论及它的救赎功能:"阅读几个世纪以来的抒情诗,就会发现我们常常感到孤独,饱受单一的身体和生活的限制。就好像我们的生命是一座监狱,或我们的灵魂是一只歌唱的鸟,它奋力拍打翅膀想要冲出牢笼(这是抒情诗中一个令人吃惊的常见意象……),而抒情诗是我们飞翔、冲破牢笼、逃出生天的方式。"[①]

自我救赎的前提,是写作者感受到了被"救赎"的必要性。现实世界的影响、自我心灵的流变乃至偶然事件的催发等,让自我救赎的诗歌写作显得尤为必要。一个用诗歌进行自我梳理的人,必然会发现它的救赎功能,这种救赎既是对现实世界的挣脱,也是对精神世界的表露,是诗人试图借助文字超越肉体的局限,以达永恒之境。

诗人晴朗李寒在一次访谈中说:"从高雅的艺术角度来说,诗歌让我不断地认识自己,清醒地感知自己在这个世界上的位置。我不停地写下诗歌,努力让它们达到理想的样子。同时,诗歌也在不断地改写我,修订我。"[②]

当诗歌写作真正参与到一个人的自我认识与梳理当中时,它就与这个人融为一体,成为他如血肉般的部分,影响他并改变他。晴朗李寒作为一个诗人,敏感地发现了诗歌写作对自我的"改写"与"修订",写作与自我的相互信任,最终将带来自我救赎。下面这首诗就抓住了一个代表自我的独特意象,很好地体现了写作与救赎的关系。

李路平

李路平

黑夜张开巨大的口,把声音

[①] 斯蒂芬妮·伯特.别去读诗[M].袁永苹,译.北京:北京联合出版公司,2020:41.
[②] 刘波,晴朗李寒.在诗歌写作中获得自我救赎:晴朗李寒访谈[J].新文学评论,2015(3):35-36.

像蜡烛一样一一吹灭,而我
在心里默默呼唤自己的名字
李路平,李路平,李路平,
李路平,李路平,李路平……
我尽量使自己平静下来,不焦急
不悲伤,耐心地呼唤着

他们,被白天的人一个一个叫走
用不同语气,为了各种目的,有的
让我感到快乐,有的使我痛苦
不管我愿意还是不愿意,他们
每天都要被这样一个一个叫走
李路平,李路平,李路平,
李路平,李路平,李路平……

每个名字,都是我的一部分
他们被人叫走,而我就慢慢减少
没有人记得要把他们还给我
我知道,如果黑夜里我不主动
寻找他们,不用多久
我就会变成一具空壳

  名字代表一个人的身份,虽是代号,它的重要性却毋庸置疑,对个体的影响更是巨大。个体在心灵独语时,往往呼唤的都是自己的名字,以确认自我;他者在社交往中,也是以名字来与某个人建立联系。这种看似平常的行为,却被诗人发现了它对自我的减损。外在世界往往会影响和改变一个人,如果他没有坚定的意志辨认和抵抗,很容易随波逐流,成为一个丧失自我的人。诗人把握了这个独特意象,深夜以呼唤自我的方式,达到自省的目的,在成长过程中不断矫正自我,以避免滑入混沌的深渊。

镜子

刘理海

在镜中是一只绵羊,一只猎豹
一只鹰孤独地翱翔,狩猎的姿势
有生活的哲学意义,或情欲的另一种表达方式

小学课堂的管风琴低音,撩动发丝
痛苦和羞耻趋于完美,像一组简单数字
排列出来奇妙的风物,和不完整的旋律

人的危险性,在于面对黑暗的偏好
消极或者巧妙的方式呈现出人生的某一个切面
红色卡车停靠在夜的边缘,格外显眼

　　除了名字,镜子也是一个极有效的呈现自我之物。延展的银附着于光滑的玻璃上,映照出人体的影像。如果说名字对应着内在心灵,镜子则对应着包裹它的外在形体,二者缺一不可,又互为补充。人在面对内在自我与外在自我时,总是会有相同的感觉,这种相似的东西,会牵引着他直面自我的幽暗之处,不论形体抑或心灵。刘理海在诗中注意到了镜子的透视功能,在知晓了"人的危险性,在于面对黑暗的偏好"之后,也激起了某种自我圆满的愿望。

逃离

向茗

我知道,其他的真实都会在时间里
让人失聪,让人在黄昏时走失
不会再有说话声了,不会再
有这种怀乡的痛!这种把自己扔在街边的
——孤独,完全孤独的

路灯下,一个被时光逮捕的罪人,毛发杂乱
或是从栖身之地,从那城市,那房子
被排挤出来——那些时常说的家乡语言
没人懂,我也毫不在乎
一个陌生人他是否能从每一条信息里
榨取关于一个村庄,一个和生活走散的人

而现在黑夜已经安息,草丛上的泪滴
将风暴的漩涡归于平静
每一个空荡的屋子里,对我都陌生
我从地上一直睡到地下,逃离
那些活在地上的人们不让人入睡

有的人在直面自我时,并没有能力将自己从中拯救出来。向茗的诗就表达了这样的真实处境:"其他的真实都会在时间里/让人失聪,让人在黄昏时走失"。人在某个不由自主或无能为力的时刻,总会有偏离既定轨道的冲动,假若没有将自己牵引回来,便将永远脱离这个系统,游离在另一个境遇中。难以自持时,他们只能"逃离",放弃沟通与被理解,试图挣脱当下,逃离到一个真空世界里,获得短暂的宁静。

夜深人静似乎总是适合个体对自我观望。当外在的喧嚣沉寂下来,自我开始凸显,个体与自我的对话、自省常常就会发生。每一次冷静下来审视自己,都意味着要面对真实的过往,对错、长短和喜忧,它们就像不安的水体在内心里涌动,只有强有力的自我介入,把住自我的船舵,才能成为自己的主宰。

三伏夜
彭媛

三伏刚起,你停止
一切必然和不必然的烦琐思考,抛给夜的脑洞
你开始在梦的边沿游离

我窥视过关于你的一切
后来,你被万千支流汇入大海
沉溺者挣扎于蹩脚的词语
浅水湾被拙劣显现

此地无人
唯有月桂与野菊交杂的苦香
在此之前
上弦月已用足够完美的技艺将夜荒芜

彭媛在此诗中用"你"和"我"来完成内在自我的对话。但这种审视并非如文字般清晰可见,反而如梦与大海,模糊并且充满变化。这种向内的打量,并非像计算题逻辑明了,而是没有逻辑可言。"我窥视过关于你的一切",但这一切并没有被"我"抓住,而是"汇入大海",谜团还是谜团,"我"在"你"面前蹩脚而拙劣。

用诗歌写作进行自我救赎,始终是一项有难度的事,"当局者迷",我们在面对自己的时候,总是很难平衡,犹如在平衡木上自在行走,有的人因此耽误了一生。但这种向内的注视并不会停止,很多人选择无视,继续沉沦,有的人却始终生活在痛苦的僵持中。

这不是故事

罗芳

盗取了心脏秘密的惯犯
又将在黑暗中作案
它和夜挽手
给微冷的空气一个侧面

哈气,冒出的白色云团
在眉毛中间凝结

拧成一股麻花状绳索
悄然钻开车厢的铁质门闩

长着草莓的土地
让风停歇
坐在上面说笑的人,来去
没有踪影

篱笆房外,调情的男女
总在使用肢体和眼神
他们互相吞噬身体
但从不惯用语言

信徒抛洒自由和美好
抛售过去使用过的老旧物品
包括快乐和情人

有人梦见手掌谋害了爱人
清醒之后
酒精徘徊在床铺与走道中间,微笑

垂暮之年的男人,在回忆中
录制了假象的节操,解除
绑定的悲伤和骗局

罗芳在这首诗中描绘了这样一种人:他们善于在黑暗中"盗取"心脏的秘密而不自足,仍然放任自己,游走于各种场域,"来去没有踪影",而又随意丢弃,从不在意。"他们"就像是浪荡子一生的缩影,"昔日龌龊不足夸,今朝放荡思无涯。春风得意马蹄疾,一日看尽长安花"。然而,这种不愿面对自我的行为,最终要在他的晚年得到清偿,不论他如何躲避与拒绝,那种被凝视的焦灼感,始终在他的身上隐隐作痛,未能自我救赎的人,必然带着"悲伤和骗局",进入一种永无明日的沉沦。

自我捆绑
查金莲

以愿望为线索,缔造睡眠
冗杂的经历
流连于面积有限的角膜

梦境不断;从黑暗中溢出
不安于自我捆绑
恐惧不会凭空异化,指向

无序的蚁群
意识,于磨损中丧失
顺从平庸的感官

夜晚,越来越漫长——

我们抗拒现实
先于消亡
成为黑暗的实验品

女性以其敏锐的感官知觉,比男性更加"遭遇"夜晚的自我审视,也因这种性别的差异,她们总是单纯地描摹或选择逃避。查金莲在黑夜里对自我的观察,显示出了一种冷静的剖析目光,将自我的恐惧、梦境与平庸坦露出来,在直白中伴有挫败感,"我们抗拒现实",却"先于消亡/成为黑暗的实验品"。被"实验",然后"消亡",个人的自我实现无法满足,价值和意义被遮蔽,自我应如何摆脱这种看似必然的结局,把自己拯救出来?

和解

李路平

今夜,我愿放下一切
与这个世界和解
我愿放下坚忍,学会顺从
渴了饮忘川之水,饿了
受嗟来之食,我愿忘却
憎恨,学会热爱
不听不该听的,不看
不该看的,为尊者讳
为富者讳,为权贵者讳
我愿抛弃远方,抛弃幻想
我愿斩下不安的双腿
任其腐烂在地上!

当自我救赎无望时,现实的一切重压都将扑面而来,放弃挣扎的个体只能承受,不论是否沉沦,也不论是否被绝望压得翻不了身。在这首看似忏悔、实则反义的呐喊的诗中,作者在排比的铺排中,将现实中种种对真善美的追求都抛弃殆尽,接受一种苟且的生活,不再挣扎,"我愿抛弃远方,抛弃幻想/我愿斩下不安的双腿/任其腐烂在地上"。诗人在绝望透顶之际,仍旧是对这种"和解"意图的反叛。

我们很难知晓,一个人到底出于什么原因选择写作,尤其是诗歌写作。然而,当这种写作的行为被作为观察的对象时,他们的相似之处便显现了出来。写作作为一种行为,给自我表达一个窗口,参与自我的梳理,参与自我的建构并试图提供救赎。每个选择诗歌写作的人,心底都有不愿为人所知的秘密,每一次写作其实都是对这个秘密的不断接近,不论直视,抑或掩饰,都是自我审视。

斯蒂芬妮·伯特在论述抒情诗时说:"抒情诗——诗人的想象——是通过为某人的激情(也可能是你自己的激情)寻找词语来实现的:它能让你摆脱困境、摆脱身体的束缚、摆脱生活的限制,尽管它并不能将你从文字的牢狱中解救出来。"①诗歌写作某种程度上为自我带来了解脱,获得救赎,然而它仍旧通过文字将你束缚。这似乎是一个隐喻,可与《新约》中的那个故事相呼应。每个试图用诗歌写作拯救自我的人,在"忏悔诗"中将自己交付出去,得到的释然与慰藉,或许就是救赎的意义。当这种写作呈现在读者面前,被更多陌生的心灵所体验,"听起来与众不同、令人难忘或新颖脱俗时,我们可以把它想象成一种突破,或它从书页上有限的文字中挣脱出来,进入精神之地,在那里,灵魂与灵魂相遇。对一些人来说,这种说法就是胡言乱语,但对另一些人来说,它只是描述了当我们读自己最喜欢的诗时所真实发生的事情"②,自我的救赎便有了更深广的含义。

当一个人被身体或现实所困,在诗歌写作中寻求人生的意义和价值、寻求自我实现时,是因为他意识到了现实与自我的缺陷与不足,即晴朗李寒所说的"病",诗歌便是"药"。"它有时是麻醉剂,有时是镇静剂,有时又是兴奋剂。它可以安抚心灵的浮躁,缓解精神的疼痛。它会在你浮躁时,让你变得清醒,冷静,平和。它会让你在悲观消沉时,恢复对生活的勇气。面对尘世的纷纭,能够做到不迷失自己。"③

这种药始终发挥着作用,矫正着灵魂。

可以说,没有自我,便没有诗歌。纵观整部诗歌史,其实也是一部人类的心灵进化史,表达着自我对时空的探求,以及时空对自我的影响和渗透。正是自我的存在,让我们有了一个丰富的心灵世界,人类对自我的每一次深入,最先都在诗歌中得到呈现,诗歌的每一次触动人心,都为可能的自我觉醒埋下了种子。

---

① 斯蒂芬妮·伯特.别去读诗[M].袁永苹,译.北京:北京联合出版公司,2020:42-43.
② 斯蒂芬妮·伯特.别去读诗[M].袁永苹,译.北京:北京联合出版公司,2020:44.
③ 刘波,晴朗李寒.在诗歌写作中获得自我救赎:晴朗李寒访谈[J].新文学评论,2015(3):38.

第四章　诗歌写作与世界

相较于奥登所说的"诗歌无济于事",我更信任雪莱所说的"诗人是世界上没有被确认的立法者"。

就如上一个章节所说的,诗歌写作与自我有着密不可分的关系,无数个自我则构成了我们这个世界无数的寂静与喧嚣。我们承认诗歌对自我的作用时,其实也承认了诗歌对世界有相同的作用。也许它不像科技一样对这个世界有着直接的介入与改变,但它作为与之相应的精神力量,始终发挥着作用,让这个世界的运转维持平衡。举两个例子,科幻电影《星际穿越》是未来科技发展的一个预想,作为操纵这种先进技术的主角库珀,却无法依靠科技解决自我的问题,仍然要从迪兰·托马斯的诗歌《不要温和地走进那良夜》中寻找慰藉。美剧《广告狂人》将背景置于二战后美国万象更新的六十年代,商业大潮席卷一切,唐·德雷柏(Don Draper)作为游走其中的精英,仍然需要弗兰克·奥哈拉的诗歌《紧急中的冥想》来帮助自己渡过危机。无论科技如何发达,抑或商业如何繁荣,都无法抹除诗歌对世界如此重要这个事实。

1942年,世界还处于战火纷飞的年代,斯蒂文森在普林斯顿大学的演讲中回顾了20世纪无论在物质上还是精神上变得"如此暴烈"的事实,他简洁地把诗歌定义为"从内部出现的暴力,用来保护我们免于外来的暴力。它是对抗现实压力的想象力,从最终的分析来说,它似乎和我们的自我保护有关,毫无疑问,诗歌表达文字的声音帮助我们过自己的生活"。[①] 诗歌正是这样一种源于自我内部的暴力,它让人在与外在世界的角力中立于不败之地。

诗歌写作作为一种创造性行为,正是酝酿这一场"暴力"的源头,是一场风暴的暴风眼。考量它和世界的关系,其实是考量人与世界的相遇,人与世界如何相互影响,诗歌呈现的就是这种相遇,无论美好或苍凉,也无论短暂或漫长。

[①] 杰恩·帕里尼.诗歌为什么重要? [EB/OL]. (2008-08-24) [2022-05-01]. https://www.douban.com/group/topic/4022282/.

一 "天问"：认识与体验世界

人类生老病死的自然规律，或许就限定了自我与外在世界的关系：相遇、好奇、疑惑、探索、改变与提升。哲学中的三大终极问题（"我是谁?""我从哪里来?""我到哪里去?"）把人作为独立的个体，试图在世界上确立人的位置。这就像是人类的终极"天问"，由生至死，生生不息。

诗歌写作的一个功能，就是用分行的形式呈现这种"天问"，表达个体在认识与体验这个世界时生发出来的感受与思考。这个世界太过丰富：有起伏多姿的自然景观，也有人类参与改造后的人文景观；有时光纵深的历史，也有隐秘纷繁的心灵。而每个心灵又如此独特，一千个个体对这个世界就有一千种认识和体验。孙文波在《洞背笔记》中写道："人类作为一种生命形式，面对的还有生命个体自身的不同，譬如性格、性别、健康、年龄、疾病等这些只属于自己的东西。而这些东西在一个人身上的聚集，最终会成为支配人思想的出发点，甚至构成人认识事物的基础。不同的人会因此在面对着同一种事物时有千差万别的反应。写诗，很多时候是这一切的聚合。我认为这一点是很难为机器人所体会的。正是因为如此，我对机器人终将取代人类写诗一点都不相信。在任何情况下，写诗对于个体而言都是人生经验的全部认识的呈现。它的独立性、不可复制性会因人而异，并作为一种现实存在，很难被替代。"[1]

为了词语的和谐

陈国飞

小水沟环绕篱笆
被遮掩着的，一无所求

让我再一次走进静歇的河底

---

[1] 孙文波.洞背笔记:300条"现代汉诗"的深知灼见[M].武汉:长江文艺出版社,2019:56.

这清善的源头

波澜不惊的隐蔽
不该有的过剩欲望毫无防备

悲哀的日子,人转瞬即老
或许是这癫痫病的村镇

渴求着将以怎样的柔情
拯救语言的世界

借助寒物的疼痛来认识
外面是完结的夜

为了词语的和谐
涉水渡过烟花的天空

伴随着轻率的脚步
被爱抚的鹅卵石更加清凉

陈国飞很早就知道了写作所用的语言与世界和自我的关系。他是一个很早就察觉到这个世界荒诞之处的诗人,因为过早地知晓,这个世界对他而言,只有很少的东西值得信赖,比如"静歇的河底/这清善的源头"。自我过于孤傲,外界的荒芜对应着内心的悲哀,"人转瞬即老",这种认识和体验,就像"寄蜉蝣于天地,渺沧海之一粟",不知觉间就将时空打通。更为深刻的是,他流露出用情感拯救语言的期冀:"渴求着将以怎样的柔情/拯救语言的世界"。这似乎与写作和自我救赎的方向相反,他希望用自我来拯救写作。然而果真如此吗?他或许想通过开拓语言的边界,来更新对现实世界的理解。

这种饱含热切铺展自我对世界的体察的作品,多是由年轻的诗人写下的,他们除了表达外在景观对自我的影响,以及心灵对万物的映射外,往往会将这一切与写作这个行为联系起来。

纸巾上的字
李雅倩

夜色给予的
大脑,倒下
将在诗歌与睡眠里
做出选择

时针疲惫的
意识的空间
以束缚的方式展开
无限可能

还没有倦意

在生命之初
在黑暗的轮廓里
丢弃色觉之差
以意识的真确做出分辨

  深夜仍不眠息,仍在睡梦与诗歌间抉择,写作的热情似乎难以止歇。李雅倩在世界的闭合间与诗歌的开启时徘徊不定,在时空的束缚与意识的延展中犹豫不决,"还没有倦意"。她甚至想到了"在生命之初/在黑暗的轮廓里",面对这原初的问题,她试图"以意识的真确做出分辨"。当今科技,可以用飞船将人类送到太空,然而对于人类内心的宇宙,认识还微乎其微。她有分辨的意愿,却仍需时间和经验的锤炼。

我之所在

刘理海

我之所在,阳春三月
一夜惊雷,枝头点缀新芽

花香鸟语不说,路上行人
如瓜果新鲜,柳絮拂面
柔软的风使鸟雀沉醉

水杉林里嬉戏的孩童,落了
一湖笑声,身沾泥土

面对阳春三月,万物新生,刘理海似乎难抑心中的喜悦,犹如一个快乐的孩子,注视和打量着这个世界:"花香鸟语不说,路上行人/如瓜果新鲜,柳絮拂面/柔软的风使鸟雀沉醉。"视觉、听觉、嗅觉与味觉,被压缩进这几行诗中,他好像渴望一口将这个世界吞入腹中,以完成对它的认识和体验。然而怎么可能呢?仅仅写出这些轻快醉人的事物,仿佛已经耗尽了他的力气,他无法再写下去,无法用更多的感官满足自己的愿望。"水杉林里嬉戏的孩童,落了/一湖笑声,身沾泥土",他知道,只有泥土才是这个世界的象征,也只有紧贴大地,才能完成对世界的渴望。

空白格

向茗

在往街心的小路散步,有风
灰尘吹进鼻孔,偶遇一老人弯腰捡
饮料瓶,这是生活的姿态
他头发肆意卷曲,皮肤黝黑
和我穿的一样,瞳深如猫头鹰

一下击中了我的心窝。这个黝黑的老人

肉质薄弱,像久放的苹果
腐朽爬满整个表层。地平线上
东风劲吹的草丛里,精心雕琢的姿态
这是完美的艺术创作,我的手沉重地
放在眉际,掐算每一个细节
没有水银般的心,敢于承受因他微妙的动作
而加重的心。我走完这段路

像穿过浓密的丛林。锯齿状的影子
痛苦,冷漠,一言不发
犹如黑夜的窃贼。他依附于每件灰暗的物体
在行走和夜晚的战栗中,像遗留的陶瓷碎片
空白的只有身体
和幽深的眼睛,洞悉生活的肋骨

向茗更善于在日常的生活中,体察这个世界的幽微之处。在这首诗中,她就像是路边的一棵树,悄无声息又目不转睛地盯着一个拾荒老人,描摹目睹的每一个细节,流露内心每一丝感受。她有洞察内外的眼光,又有贯穿时空的思辨,她对人的兴趣似乎多于对物的兴趣,这也让她的写作变得深沉厚重。正如孙文波所说,每个人其实都是一个经验的集合体,对人的观察也可以说是对世界的观察,对生活的观察和对心灵的观察。

解读方式
查金莲

雨水洒在地面
食物,红色地板
行人绕道,打开彩虹雨伞

创造更为精妙的空间

美的场景与画室迁移
共有的解读方式,正弱化
抑或篡改
有限的形态

没有声音传来
我无法,从体内滑出
成为自己的目击者
指向生活现场

面对纷繁的世界,与李雅倩的"分辨"类似,查金莲试图"解读"它。生活以其一如既往的形式展开在眼前,既普通,似乎又隐藏着一个"更为精妙的空间",等待着"我"去解读。但是对外界的解读,往往又与对自我的关照分不开,她很清楚地意识到这一点,"没有声音传来/我无法,从体内滑出/成为自己的目击者"。对世界的认知与体验不能停留在表象上面,只有深入其中,全身心地交付出去,才有可能真正"解读"。

写诗
郭国祥

一首诗的完成,在春天是容易的
冬天自然是艰难占据上风
毕竟太阳也不赞成

我喜欢冬天,可以不用去郊外
除了荒芜,荒芜,也就只有荒芜
就像生病的时候

躺在被窝是再适合不过
电风扇不会对你吵吵嚷嚷
蝉也销声匿迹

只有西北风比较讨厌,幸好离窗户比较远
挑出一个句子用半天时间
没有催促的人,他们也还在屋子里

最是开心的事情:泡一杯牛奶
将昨天画的图浸透
又手忙脚乱地擦干净桌子

诗还没有写成,别的城市有一个人
躲在咖啡厅等另一个人
外面下着雪

当诗歌写作成为"现实"的一种,如何在"写诗"中表达对这一世界的认识和体验?郭国祥在这首诗中用近乎玩笑的句子,将"写诗"这种抽象的行为与"冬天""生病"等具体的生活细节融合在一起,达到一种出乎意料的效果。当"写诗"这个行为与真实的生活并列起来后,它必须通过创造(想象)另一个真实来使之平衡,"诗还没有写成,别的城市有一个人/躲在咖啡厅等另一个人/外面下着雪"。诗歌写作从一种对外的摄取,变成了一种类似于向外衍射的行为,带给读者一种新的体验。

作为提出与回应"天问"的诗歌写作,可以囊括人类对外在世界与内在世界的所有探索,它既能呈现缤纷万象的自然与人文景观,也能呈现内外的宇宙,更能将它们通过文字牵系起来,最终使个体成为所有经验的集合,成为文明的源头。

二 介入：回应现实、追寻过去、探索未来

诗歌写作除了呈现世界，更主要的一个功能便是介入。如果说"呈现"只是将世界作为一个观察的对象，诗人如研究者一样对其进行观察与记录，那么"介入"就是诗人参与到观察对象的生态中去，用诗歌的形式融入甚至改变世界。

诗歌的介入功能，在短时段内可能不明显，在长时段内就显现出来了；在和平时期可能不明显，在非常时期就显现出来了。不论在哪个国家或地区，在历史的长河里，总是会出现一些经典的诗歌作品及诗人，这些作品成为这个国家或地区的传统，浸润了人民的心灵，甚至塑造了民族的灵魂。在非常时期，比如战争年代，诗歌作为武器，诗人成为战士，诗歌在暗夜抚慰人心，诗人为理想粉身碎骨；比如灾害时期，面对自然的破碎、人心的伤害，诗歌便能给人温暖和勇气，再次鼓励人们重建生活和世界。尤其是现在这个自媒体时代，网络互联已经让诗歌可以很及时地回应与介入现实、追寻过去甚至探索未来。

作为介入的诗歌写作，是诗人自我担当的行为。诗人陈东东在《卡片匣》中说："也无所谓'诗歌介入现实'，也无所谓'介入现实的诗歌'，要是你同意华莱士·史蒂文斯所言：'至少就诗歌而言，想象没有必要从现实界分隔出来。'何况，诗歌无法自外于现实。无边的现实主义将一网打尽任何超现实。"[1]此"介入"并非脱离现实的写作对真实世界的介入，而是通过写作这种行为，发挥诗歌更加现实的力量。诗人写作诗歌，除了自我表达、梳理与救赎外，很重要的一个面向就是诗歌的这种"介入"作用。"文以载道"是传统士大夫为人作文的追求，"达则兼济天下，穷则独善其身"，当下的写作消解了很多宏大的东西，包括担当，形成了一种更为复杂的景观，也更为贴近写作原初意义。

当下诗歌写作的介入，是建立在自我觉醒之上的、作为经验集合的、逐渐成熟的诗思。它包含个体对这个世界的认知，综合了外在经验与情感、思想，是自我对外界的复杂流露。它既回应了现实，又试图追寻过去，并且探索未来。介入的诗歌写作犹如一束目光或一双大手，在广阔的时空间穿梭与挥舞，它拥有

---

[1] 陈东东.卡片匣[M]//孙文波.当代诗:3.北京:文化艺术出版社,2012:197.

自己的生命,作为目光,它就像一盏灯,作为大手,它有拂动人心的力量。

  论及具体的作品,介入的诗歌写作并非简单的"'介入日常、介入时事、介入政治',或'介入'萨特认为福楼拜并不'介入'的'世务'"①,当然这也是它的一种表现。介入不仅仅是为了呈现与迎合,更是为了揭露与改变。介入的诗歌写作很考验诗人的能力,也能很好地鉴别是不是一个优秀的诗人。当一个诗人将目光投射到对象上,不论他是否真正认识和体验过那些细节,作为一个复杂经验的集合体,他都能给人以耳目一新或振聋发聩之效。

婚姻

罗芳

食物在你的盘子和我的盘子
切割蘸酱,抑或
制作成为糨糊
这是我们的行为和方式
它们任我们宰割
没有挣脱的余地

我把自己献给你
用我笨拙的手掌和粗壮的手臂
为你熬汤,缝洗
身体失去原有的曼妙
舞姿蜕变成动物般爬行

在眼睛看不见的地方
生出触角
长出类似的树根

---

① 陈东东.卡片匣[M]//孙文波.当代诗:3.北京:文化艺术出版社,2012:198.

勾搭一切视线里的同类
幽会，谈论闲情
我害怕你看不见，也担心
你的出现

我们是两头卷入海啸的牛犊
倔强地挣扎，拼着命呼吸

我开始窒息，昏迷过去后
躺在做过的梦里
年轻的爱人
施舍着一部分光阴
人为的疼痛从发根处冒起

作为一首在校学生、尚未进入婚姻的女性创作的作品，这首诗呈现出一种"毛骨悚然"的成熟感。这种成熟既有语言技巧上的成熟，又有经验上的老到，对事物鞭辟入里的直觉。一般的浪漫作品中，婚姻都是爱情必然的阶段，是甜蜜的既定结局，然而在现实中却是截然相反的，婚姻是为了挽救爱情。罗芳通过高度浓缩的意象，将婚姻如同人体骨架般展示在我们面前，残忍、沉重，"没有挣脱的余地"。这种融合了外在经验与自我审视的诗歌，准确地为我们展现了一种现实。这种现实并非原搬照套，而是经过高度的自我提炼后重塑的现实，它比现实更惊悚："我们是两头卷入海啸的牛犊/倔强地挣扎，拼着命呼吸"。作为诗人，她不但介入了这个全新的领域，经由她的演绎，让作品具有了更强的"侵入性"，侵入时空，并侵入读者的心灵。

如果说《婚姻》过于暴烈，下面这首诗，则更温和地介入到了另一种生活，并提供了另一种真相。

生活的细节开始在你眼中生长

刘理海

生活的细节开始在你眼中生长
麻将桌上,尖锐的过往逐渐抹平

拧开水龙头,触摸蔬菜的呼吸
新鲜的清晨从天际缓缓走来

儿子和大葱在这个季节长势良好
学会穿衣的小女儿更像苹果
色泽光亮,喜好在客厅茶几上翻滚

幼儿园和大学之间,隔着卷烟厂
暴烈的公交也能提供思考的空间
烟还是必需品,文天祥公园还是
避暑的好去处

当一个地名有了你的脾性
身体和思维便更加容易掌控,那么
厨房里的工具和食物就能迷幻地
与柴米油盐和迷路的老鼠温和相处

刘理海将人与自然融为一体,人类的生长也服从植物的规律。"儿子和大葱在这个季节长势良好/学会穿衣的小女儿更像苹果/色泽光亮,喜好在客厅茶几上翻滚",直接将人比拟为植物,将人的现实生活用另一种方式表达出来,这种介入与转换已颇为明显。但他并非止于此,"当一个地名有了你的脾性/身体和思维便更加容易掌控,那么/厨房里的工具和食物就能迷幻地/与柴米油盐和迷路的老鼠温和相处",结尾处他又将人与异类并列,获得一种新的和谐。这是一种虚构的表达,然而更接近真实,更新了固有的经验。在另一首诗里,他让

"诗人"直接介入进来。

实习老师陈述
刘理海

对熟悉事物习以为常
从孩童到调皮学生
是否沉入当时的语境
语言魅力如蜻蜓的翅膀
纹路通透,振振有力

学生充满好奇,期待实习老师
带来新鲜笑话,暂时把
朗朗上口的词语抛在脑后
新面孔带来的可能性更让人兴奋

对一片稚嫩的脸庞描写
对新荷抱有信任感;从言语层面
对诗人的故乡,以及故乡的新人
进行描述;多么美妙的连环事件
从彼此身上找到了小荷的芬芳

课堂是一个饱含意味的场所,听众保有对新知的热忱与渴望,老师则负有传经授道的责任。然而面对一群调皮的孩童,课堂的意味便有了转变,老师的职责或许也要相应改变。"传统"的方式或许已不可取,作为一个诗人,对语言有着别样的敏感与把握,用来吸引一群小孩子,似乎十分有效:"对一片稚嫩的脸庞描写/对新荷抱有信任感;从言语层面/对诗人的故乡,以及故乡的新人/进行描述;多么美妙的连环事件/从彼此身上找到了小荷的芬芳。"诗人从语言进入了现实,又因这种现实,使作品有了一种奇异的感觉。

老房子
彭媛

老房子不会深究
毗邻的长巷
如何安置人流,如何安置
生的躁乱

于是沉寂,如
自闭的灰尘
昼夜默坐房梁,享用
奢侈的净

个体的暮年寄居于此
小屋,必经之路上
石板、苍苔、老板凳
每日相逢,它便提及众生皆苦
品起此时寡欢

说起收纳,已不再新鲜
杂物、珍品
灵的双目
掺入夕光,直至

直至,宿主
古旧形体被用来停放
一具棺木,一场
你以为停顿却已经结尾的死亡

在这首诗中,彭媛直接将自我投入到了注视对象"老房子"的身上,让原本无思无觉之物,有了眼睛和思想,以一种老年的心态,慈悲、喜净、寡欢,打量着外面如水的游人,也打量着内里不变的主人,直到岁月催促必然的结尾。这种先行式的对老年心态的模拟,似乎让诗人触摸到些许生活晚景,一种必将抵达的未来,同时它又更新了读者对外在世界的注视:除了单向的注视,还有双向的对视。

陈国飞写了一系列以古代文人为对象的诗歌作品,这种注视颇有意思,这里选取其中一首来试着解读。

欧阳修:她低眉束腰
陈国飞

池水尽绿,她低眉束腰
琴弓颤抖,花灯风流成性
旧日的菱花走回朦胧的黄昏
风景殊异且朱门凉薄

牵来一匹马,卸下一身傲骨
沿山路蹒跚
依坡而上,望一眼低语的清泉
滁州郊外飘来一座凉亭

高台置酒,日落、慵懒
青梅半熟,桑葚繁茂诱人
五月的丁香迷蒙
于杯中隐藏一场更深的误会

望一眼晦暗的蜡烛
灼热的影子里
火焰不语
微弱的拍水声屏息不动

江南风紧,这满地的落英

将如何安放

劫后余生的逸乐陷入失语

乐极而哀,转向少有的空白

无所事事的欢乐毫发无伤

而温柔可以安睡

宿酒醒来,子夜透明

枕着月光的画眉收拢睡姿

这首诗虚拟了一幅兀自伤感的场景:池水尽绿、琴弓颤抖、朱门凉薄,欧阳修独自来到郊外凉亭饮酒,独饮萧飒与失语。陈国飞拣取了宋仁宗庆历七年(1047年)欧阳修被贬知滁州(今安徽省滁县)时的一段经历,在对历史的追寻与虚构中,塑造了一个官场失意的文人形象,犹如笼中画眉,感受不到欢乐与自由。这种追索很明显是以古照今,以彼说己,以古代失意文人来比照自己。对历史的重构,表明他把握到了这种纤弱但流传至今的气息,同时也表明他有着向前追索的能力,以介入过去的方式达到揭露现实的目的,《文天祥:春天不见桃林》《陶渊明:九月借山归隐图》等皆是如此。古典文化塑造了我们的心灵和性格,就像家族的血脉相连,它们总是散发着亲切熟悉的气味,等着我们去追索、相认。

用诗歌写作介入世界,似乎是一个病句,犹如站在大地上的人,抓住自己的头发,妄图将自己从地上提起来。但诗歌写作确实拥有这样的能力。个体与外界总是相隔的,没有谁敢百分之百地说自我就是世界、世界就是自我,除了极端的哲学学派。诗歌写作的介入,即是把诗歌作为尖刺,试图去刺穿人与世界的隔膜,摆脱眼前的迷障,完全真实地认知与体验这个世界,并做出自我的最精确判断。这种自我在世界的定位,对其他个体是具有模仿和借鉴意义的,目的是让其他个体认知自我并在这条路上交付自我。

介入应是杰出诗歌的应有之义,也应是优秀诗人的基本认知。它超越了世界表面的浮影,呈现了尖锐的刺痛和深刻。

三　人类精神价值的积淀与重塑

诗人阿多尼斯说："没有诗，就没有未来。"

其实何尝不是如此：没有诗，就没有过去。无论是神话传说，还是人类追索的文明源头，几乎都保留了诗的叙述形式，将一段段宏伟的历史保留下来，被称为"史诗"。诚然，当下"史诗"的含义变得更为深广，但未曾改变的是，所有的指向都保留了宏大的叙事，表达了某个族群或时代的兴衰成败。过往的一切早已烟消云散，是诗歌积淀着人类的精神价值，影响并重塑着当下和未来人类的心灵。

当然并非仅仅是诗歌作品，古往今来一切伟大的文学著作，乃至伟大的艺术，都是人类精神文明的结晶，并且始终发挥着影响，塑造着个体与族群的心灵与性格。然而诗歌以其精练的语言艺术和诗人深邃的思想，始终凭依明珠般的辉光，照耀与浸润着世间的心灵。

一个人选择以诗歌的形式来呈现自我，表达与世界的相遇，也就表明，他想要通过诗歌写作这一途径，参与到人类精神领域的探索与建构中去。不论他这种参与是有意识还是无意识，其实都达到了相同的目的：伟大的诗歌作品犹如源头活水，必将浸润与抚慰"无限的少数人"。

相较于其他的文体，或者其他的艺术门类，诗歌似乎是最为人所熟知，并且能够谈论的艺术，然而它却有极高的门槛。有的人终其一生，在诗歌写作的道路上依然没有入门；也有的人潜心写作，一辈子默默无闻，过世几百年后，他的作品才熠熠生辉。这两个境遇，其实很形象地说明了诗歌创作的面向：诗人与读者。诗人以诗为志业，需要天赋与后天的付出与顿悟，他在探寻适合自己的写作道路，同样诗歌也在选择适合自己的作者。有时候这种选择就像步入爱情的双方，一方能够为对方付出生命的代价（比如里尔克对青年写作者的忠告："你愿意为了写诗而死吗？"），或许才有资格步入婚姻，诞生结晶。伟大的诗歌作品诞生之后，它依然在选择自己的读者。或许它诞生的时代，没有配得上它的读者，只有在岁月的冲刷下，那个人才会被拣选出来，将这个作品打磨光亮，也有可能这个人永远不会出现。毛姆在《月亮与六便士》中以高更为原型塑造的思特里克兰德,在荒僻的小岛上,在患上麻风病的最后一刻,完成了自己毕生最为恢宏的作品,最后选择将其毁灭。或许这就是某些伟大艺术的遭遇。

当诗人完全投入于外在世界与人类内在世界浩渺的海洋,逐渐发现自我的独异性,并想要梳理与表达时,他便是站在巨人的肩膀上写作。只有这样,他的创造才能在原有积累的基础上,往前再迈出一小步。诗人的这种创造性行为,便将接续过去与现实,乃至未来。急于求成与现实功利的写作必将被时间淘汰,只有秉持谦恭与耐心,才能创作出有价值的诗歌作品,将自我融入人类精神文明的璀璨星河。正如杰恩·帕里尼所说:"思想有高度和深度。多数人都能认识到它们,充满敬畏地看到其可怕的威严。那是人们可以朝任何方向延伸的精神领域。最后自然变成了爱默生的'精神的象征',诗歌本身体现了那个自然,成为自然的一部分。它反映了庞大的内在世界,用形象和短语占满了空间,为个人生活提供了现实的基础。"[1]

从某种意义上可以说,当今的诗人选择诗歌写作,其实是受了诗的"蛊惑",这种蛊惑可以看成是人类心灵深处的充满活力之物,它有无边的价值与威力。它需要诗人的参与,共同塑造当下与未来的心灵。歌德在《浮士德》的最后写下了颂扬圣母玛利亚(女性)的名句:"永恒的女性,引领我们上升。"永恒的诗歌,亦如永恒的女性,将引领着人类飞升。

诗歌写作作为一种创造性行为,其实与所有其他行为一样,对这个世界产生不同程度的影响。只是其他创造性活动,能够更加直观地改造自然与社会,能够给我们的生活带来便捷和实用。诗歌写作的功用,则是用语言文字的形式影响和塑造人类的内在世界,在"看不见"的地方给予我们勇气与指引。它与数学有着同样悠久的历史,也必将与在数学的基础上生发的自然科学一样,带给我们美好和慰藉。

---

[1] 杰恩·帕里尼.诗歌为什么重要?[EB/OL].(2008-08-24)[2022-05-01].https://www.douban.com/group/topic/4022282/.

第五章 诗歌写作与人的符号性能力

写作是一项高度符号化的活动。从符号思维的角度考虑诗歌史上的一些现象将带来意想不到的效果。人的文化世界是一个由各种符号体系构建的"虚拟世界",基于宗教、美学、艺术、哲学甚至科学等目的,通过符号物理存在形式传达与符号相应对的某些抽象意义,实现符号的审美与表达功能。符号的形式感不仅仅是审美的,也是人的思考的某种符合认知规律的呈现。百年以来的汉语诗歌的写作,如从符号化的意义来考量,我们能发现,这也是现代汉语诗歌符号化不断推进的历程。我们在深化汉语诗歌符号化的过程中所携带的人与自我、人与自然、人与宇宙、人与社群,以及人与广泛意义的同时代生活形成一种微妙的符号关联。所以,百年以来现代汉语诗歌的变化,与其说是思潮、审美等因素的变化,不如说是一个符号化的变化历程。

作为诗歌写作者,在初学或者成熟的过程当中,我们总是在调整或强调眼中的世界和未来的世界之间的反馈机制;这或许是个体生存的一个极为重要的推动力。诗歌写作的符号化冲动最终搭建的是自我与世界的关系;人的自在性完成于对世界的积极反映,人与世界的言说也构建了一个有效的反馈机制。

无论是单一的高度抽象化的永恒自我还是随自在生命流动的变化的自我,写作者无不在表达人与世界的关系。作为诗歌写作者,我们可以通过符号来打通诗歌写作中人与世界的关系,构建属于自己的独特诗歌空间。我们可以把诗歌写作概括为"顶天立地"的一项活动。"天",就是天空、宇宙,或者说是想象的世界、虚构的世界、主观的世界;"地",就是大地、人间,或者说是真实的世界、现实的生活、客观的世界。"顶"和"立"可以说是诗歌的质感、质地和诗歌的风格、风骨。那么,"符号性能力"就是从事诗歌写作这种"顶天立地"活动的其中一项个人能力、个人技巧、个人手法。诗歌写作是一项极具创造性的活动,创造性体现在哪里?体现在从现实生活中抽丝剥茧出来的诗歌符号所构建的诗歌世界,体现在从想象世界中幻化成形的诗歌符号所形成的诗歌空间。所以,作为一名诗歌写作者,掌握诗歌写作与人的符号性能力显得尤为重要。

一　诗歌写作、符号与世界

什么是符号？赵毅衡认为：符号是用来携带意义的。意义必须用符号才能表达，符号的用途是表达意义[①]。反过来说，没有意义可以不用符号表达，也没有不表达意义的符号。因此，什么是符号学？可以简单地说：符号学是"意义学"。相对于其他文学作品，诗歌凝练。我们在创作诗歌的时候，就要做到让每个词语、每个句子，甚至每个标点符号，充分发挥其意义，充分扩大其空间。通过长期的生活积累、文学作品阅读和欣赏，我们似乎达成了一定的共识，或者说一定的常识。比如，诗歌要表达思乡之情，我们很容易想到"月亮"——举头望明月，低头思故乡；表达洁身自爱的高尚情操，我们很容易想到"莲花"——出淤泥而不染，濯清涟而不妖；表达爱情，我们很容易想到"比翼鸟"——在天愿作比翼鸟，在地愿为连理枝。通过这些简单的举例，我们能明白，这些诗歌中的月亮、莲花、比翼鸟，不是这些词语的本身意思，而是承担了诗人想要在诗歌中表达的某种意义。从符号学的角度来看，这些词语有了一种衍生的意义，扩大了诗歌的空间。我们先来欣赏一下莫小雄这首诗歌：

月的类似性
莫小雄

圆。每年的中秋月有不可置疑的类似性。
思想上的古怪延续和判断力的降低。
谵妄……在其中，他们有一种愉悦的梦幻感。

一言落，相思便成无限。
他乡欲，故乡知。

[①] 赵毅衡. 刺点：当代诗歌与符号双轴关系[J]. 西南民族大学学报（人文社会科学版），2012(10)：178-182.

第五章 诗歌写作与人的符号性能力

在第一杯酒和第二杯酒的间歇,月光延伸——
到掌纹的预示性中去!

记忆的集合体;完整的精神事件。
中秋心绪,凝缩,在相应的地方

快快乐乐。太慢了!
黄月呀,夜空大规模万里无云。

恍兮惚兮,能婴孩乎?
最新时空,隐匿。
相对稳定的空想解脱原始的圆满。

从这首诗歌的标题可以看出,莫小雄已经意识到月亮在诗歌中的普遍意义,他意识到了"每年的中秋月有不可置疑的类似性"。我们再从他这首诗歌中,挑出一些关键词:相思、故乡、中秋、心绪、圆满。这些也是诗歌中关于"月亮"的普遍意义,但莫小雄进行了重构。整首诗歌作为一个符号来看,又不会显得特别大众化,因为他的诗歌语言、节奏感有一定的独特性。这就给了我们一定的启发,我们在诗歌写作训练的时候,可以先试错。

比如,关于"月亮",写下几个你觉得最普通、最没意思的诗句;或者网上搜一些有关"月亮"的诗歌,挑几个你觉得最没意思的诗句。

可能大家会写下一些这样的诗句,或者网上看到一些这样的诗句:

1. 月光皎洁,时圆时弯
2. 又大又圆,如玉盘的月亮啊
3. 天上的月亮清澈明亮;心中的月亮总在身旁
4. 弯弯的月亮挂在天上,静静地照着美丽的村庄
5. 我心向明月

这些诗句虽然有些韵律美,但给我们的感觉过于平淡,或者说过于常见。作为一名诗歌写作者,特别是早期的诗歌写作者,要在第一时间摒弃各种俗套的写法或者句子,要大胆革新诗歌的语言、诗歌的符号和诗歌的内涵,经过长期

的训练,进而形成自己独特的风格。

还是关于"月亮",我们来看看不一样的写法,或者说更为新奇的诗句。

来客
邓小川

这时村庄关闭了
在夜色中的火炉旁
星光闪烁,这是多么温馨的时刻

这时,有人听到一种声音
<u>月亮炸弹,</u>一种焦急的脚步声
屏住了呼吸

黑夜的耳朵抵达众人的眼睛
这时很安静,敲门的声音传遍
每个星光角落

邓小川在诗歌第一节描绘了一个月色中星光闪烁的温馨村庄,但在第二节,他写道:"有人听到一种声音/月亮炸弹,一种焦急的脚步声/屏住了呼吸。""月亮"和"炸弹"搭配在一起,打破了传统的符号意义,同时又赋予了月亮不一样的含义。"月亮炸弹"打破了村庄的温馨时刻,为"焦急的脚步声"和"敲门的声音"做好了铺垫。

我们再来看他另外一首诗歌中的"月亮"。

诗人
邓小川

熄了烟,两个病句
他用刀切开世界

第五章　诗歌写作与人的符号性能力

太阳在床上起舞

水上漂来一个罐子

石头向他走来

梦中生下醉酒的月亮

亦幻亦真的"月亮"让这首精巧的诗歌更加通透。月亮不会醉酒,也不是生下来的,但在诗歌写作中,可以这样书写,并且还会带来意想不到的效果。这首诗歌可以用我们前面所讲的"顶天"来形容。邓小川书写的是一个精神世界,一个诗人的精神世界。"他用刀切开世界",这句把诗人创作的过程或者说诗人的作品打磨过程抽象化了。这种抽象化要如何表达? 就是通过符号化手法来表达。诗人的创作过程(打磨过程)就像"太阳在床上起舞",直到"水上漂来一个罐子/石头向他走来",一首满意的诗歌终于诞生出来。"梦中生下醉酒的月亮",我们可以把诗歌中"醉酒的月亮"理解成诗人符号化后的诗歌。通过对这首诗歌的解读,我们更加清楚诗歌符号化的"生产过程"和"加工工序"。如果用一种试错的方式,用一种很普通甚至很通俗的语言来重新创作这首诗歌,那么会怎么样呢? 你可以拿起笔,试试看。

我通过试错的方式,重新改写一下刘理海这首《隐匿于市》。A 是原诗,B 是试错方式改写后的。但是,请注意,这只能当作试错练习,在真正创作一首完整、成熟的作品的时候,你要记得改变这种方式,摒弃这种语言。

A. 隐匿于市(节选)

刘理海

旅行是逃避,新鲜的空气、水和阳光

陌生人如水果般清甜。但反复的梦境

是隐藏的妖精,<u>妖艳又狰狞的月亮</u>

映入眼中,像密集的石榴突然炸裂

他开始寻找真相,聚焦斑马线上的视线

B. 隐匿于市

他来到陌生的城市旅行,逃避熟悉的环境
陌生的城市空气清新,阳光明媚
但反复的梦境像妖精折磨他,难以入眠
<u>妖艳又狰狞的月亮</u>,高悬窗外
他站在窗前,看着斑马线上稀散的行人

我特意把原诗中关于"月亮"的诗句留下来了,你可以看看,同样是"妖艳又狰狞的月亮",但在两首诗歌(暂且把 B 也称作诗歌)中的表达效果就不一样了。B 一眼望到头,是平面的,每个词语所表达的基本是本义,所以我们一看就明白大概是怎么回事;或者可以直接说 B 是通俗的,因为整个表达没有给我们想象空间,没有给我们发挥的余地。但原诗,通过符号化、抽象化,让诗歌语言更加具有弹性,诗歌空间更加宽敞,我们可以回味,可以品读,甚至可以进入其中,重新构建自己的世界。这就是符号化的审美与功能。

我们再来看看彭媛诗歌中的"月亮":"从月亮上流下一层蜜,轻透、暧昧/黏湿的山风,用力纺住我的轴——/一根嶙峋的呼吸道。缠绕/像蛇//南方的夜晚盛产无性的色情/在河床上,我应当/散开发绳,解开纽扣,任寂静落满/临终的浪漫。"她诗歌中的月亮阴柔、暧昧,又带有一丝甜蜜和浪漫,似乎能让人感受到南方夜晚的山风拂面而来,像蛇缠绕在脖子上。向茗诗歌中的月亮:"她提着月亮在黑里行走,白杨/还是那么健硕,这时节/仍无法触摸她内心,正如我/从来不知那条河,听过多少故事/父亲说,她十九岁便嫁给了土地/铧犁陪嫁了几十个年头,<u>直至我成长如今//我说她痴情</u>,像她喜欢在黑夜/操着浓重的家乡口音练习与我通话/夜把月亮涂得乌亮,我从上面读出她的寂静/和一些心事,空黑黑的。"她诗歌中的月亮把我们带到了她的家乡,把我们带回了她父母的往事当中,展现了时间感和空间感。

所以,我们可以发现,同一个月亮,承载着不同的意义,有思乡,有孤寂,有旷达,有清高,有永恒,等等。月亮也有你要表达的意义,就是说,在创作的过程中,我们可以赋予它不同的意义,并通过不同人的解读,衍生出更多的意义。符号包含形式和内容,形式就是抽象意义转化成具体文字载体、图像载体,或者其

他艺术形式载体。诗歌作为一种形式,承载着诗人要抒发的情感,要表达的思想,并通过内容,供读者欣赏、解读,激活其意义,以产生共鸣和共情。

诗歌写作要让读者产生共鸣,就要解决"自我"问题。任何一个诗歌写作者,不管是初习者还是成熟的诗人,都会面临这一问题。这一"自我"表现了写作者在他的写作生涯中所要面临或解决的问题;并以此为支撑点,回应自我与他者、自我与世界、自我与宇宙等的关联。这种联系,需要我们通过符号来表达,或者通过符号来连接。有的写作者倾向于有意无意地设定变化的"自我",因为他或许倾向于跟随自在生命的流动感,在变化中获得美、思考与激情的自在状态。当然,会有在这两种策略之下形成的各自的变体。但有一点可以肯定,有一定的写作经历的诗歌写作者都在面临"自我"设定的问题;有的是在寻找的路上,有的是在变化的路上。自我与他者、自我与世界、自我与宇宙等联系,往往会跟写作者自身所处的写作场域有关。我们刚开始创作诗歌的时候,会不自觉地把自身所处的客观世界、客观环境当作诗歌的发生场域,比如你的家乡、你所处的城市、你所居住的社区等等。那么,现在想想,如果你要开始诗歌创作,出现在你诗歌中的场域可能会是哪里?脑海中可能出现你家乡的乡村、大山,你所处城市的火车站、地铁、街区,你旅游过的某个景点,等等。如果我们把这些当作你诗歌中的世界,你又会在这个世界里发现哪些诗歌素材呢?可能有庄稼、河流、火车、地铁、霓虹灯……你可以思索一下,会发现有很多素材。日常生活中,我们要做一个有心人,用好奇的、创造性的眼光去发现身边新奇的事情和事物,积累创作素材。

积累素材后,我们就要通过符号化手法把这些风物与所处的场景联系起来;通过符号化手法,把具体的事物抽象化,或者把抽象的事物具体化,以此来确定自我的存在状态。把具体事物抽象化,我们可以看看庞德的诗歌《在一个地铁车站》:

原文:

In a Station of the Metro

Ezra Pound

The apparition of these faces in the crowd;

Petals on a wet, black bough.

译文：

在一个地铁车站

伊兹拉·庞德

人群中这些面孔幽灵一般显现；
湿漉漉的黑色枝条上的许多花瓣。[①]

这首诗歌中，其实只有一个意象，就是"面孔"，"黑色枝条上的许多花瓣"是作为一个被抽象化了的符号叠加在"面孔"之上。二者关系是叠加关系，这是庞德提出的著名的"超位法"，即将一种联想、意象重叠在另一种联想、意象之上。庞德在地铁站看到一些漂亮的"面孔"，他就联想到了"花瓣"，而"面孔"和"花瓣"叠在一起，衍生出更多的意义。这是一首典型的意象诗歌，非常好地阐述了庞德关于"意象"的理论学说。所以，我们在做诗歌训练的时候，不是简单地把诗歌意象呈现出来，而是要让其发挥意义的作用。实物本身是有本质意义的，通过抽象化手法把其变成一个符号，就会让它衍生出更多的意义，让诗歌的语言更丰富，让诗歌的空间更宽敞自如。"地铁车站"作为这首诗歌的一个场域，庞德往里面放了一个"面孔"，就让整个"地铁车站"灵活起来了，也让整个诗歌充满了弹性。

诗歌初学者往往从最熟悉的事物写起，因为我们想要确认自我的存在状态，即我们既是一个诗歌写作者，也是一个尊重生命场域所限定的人，还是一个激情投入的人。这些都和诗歌写作的符号化活动相关联。无论如何，我们的日常生活场域对我们的日常生活以及肉体和精神都有着非常大的意义。所以，我们要找到一种属于自己诗歌写作的符号化模式，然后不断在练习的过程中调整眼中世界与未来世界或者心理世界之间的反馈机制，这也是我们个体生存的一个极为重要的推动力。诗歌写作的符号化冲动最终搭建的是自我与世界的关系：人的自在性完成于对世界的积极反映，人与世界的言说也构建了一个有效

---

① 裘小龙,徐如麒,陆灏.外国诗人成名作选[M].上海：上海文化出版社,1987:76.

的反馈机制。无论是单一的高度抽象化的永恒自我还是随自在生命流动的变化的自我,我们都在真诚地不断表达与世界的关系。

拿邓小川的诗歌举例。"火车"是他诗歌中的一个常见的、重要的诗歌意象,串联了他的日常生活与精神世界。"火车"作为现实生活中的交通工具,承载着诗人对远方的向往,对精神世界的追求。在诗歌中,衍生出来更多的意义,这就是一种符号化手法。

穿过黑夜的火车

邓小川

迷醉于石椅上的梦境
一阵断然的鸣笛
划开寂静的夜空
一列火车开进了黑夜

猫舔舐流血的伤口
秃鹫,断翅
忍着剧痛奔跑,一列火车
驶进了我们的睡眠

梦里有猫的脚印
还有一群扑棱的鸟
一列火车就这样
带走了我们的心跳

我们来构建一下他这首诗歌的空间和画面:黑夜中,一列火车轰然而过,鸣笛声划破夜空;有猫在舔着伤口,有秃鹫忍痛奔跑,还有一群扑棱的鸟。他不断地通过这些意象来强化"火车",或者说叠加在"火车"上,由此,我们读到的"火车"就不仅仅是一个作为交通工具的火车,而是诗人情感、意志的具象化身,来表达诗人的孤寂、苦闷和内心的渴望。这里的"火车"符号化了,所以能衍生出诗人要表达的内容,同时也能被读者解读,引发共鸣。

火车,从梦中醒来
——给 YF
邓小川

火车,从梦中醒来。
阴冷不会凭空带来悲伤,十一月
路,被运石车合理占用。

冬雨还在,地福安并未停止采石,
光秃的山顶,一场幻觉始于清晨的露珠。
言辞充满寒气,无缘由,无承载之物。

远行,不过是换一套戏服重新上台;
也许根本不是你的本意,习惯性动作
——这一切,都在观众的掌声中被消解。

你的愤怒是多余的。蹩脚的演员
早已被戏剧本身抛弃。
——生活,拣尽空白,终见本色。

这首诗歌中的"火车",跟前面那首不一样。如果说《穿过黑夜的火车》是自我与世界的联系,那么《火车,从梦中醒来》就是他者与世界的联系。这是一首送别诗,开头第一句"火车,从梦中醒来",拉开序幕,建立起了一个动态的场域。接下来,我们看到"路,被运石车合理占用","地福安并未停止采石",这都暗示着生活一如既往。对于远行的友人来说,"远行,不过是换一套戏服重新上台",诗人劝说友人:"你的愤怒是多余的。蹩脚的演员/早已被戏剧本身抛弃。/——生活,拣尽空白,终见本色。"这首诗歌中的"火车"就成了一种惜别的符号,或者说友情的符号。诗人通过这种符号性手法,把对友人的劝告和惺惺相惜之情充分表达出来了,同时,也让符号化的"火车"抵达了生活的彼岸。

以下两首诗歌,你可以通过这种思路去解读、去重构,或者你也可以动笔写一首关于火车的诗歌。

7号旅社,彗星寓所

邓小川

这颗梦中的星球
尘土,在周边扩散
更大的虚无在扩散,记忆的真实
并不给我带来温存
人事的欢愉,逐渐清晰

陌生人,把我引入未来
他的声音在火车的轰鸣中难以辨认
他的脸庞在黑暗中游离
铁轨,勾勒出真实
——来源于铁路桥,冰冷

言语在夜空中飘散
更多的人,从桥上走过
更多的人,向南北弛去
记忆中的7号旅社
于前进的途中,呈现短暂的蓝光

我并不在意
我并不在意,彗星曾在此划过
多少过去的眼睛,多少未来的声音
它们,它们已遁入空无
灰色的舞蹈,笼罩天际

人世荒诞，赣水欢腾
我想起老同学，以及他被江水吞噬的身体
他的手臂，他的手臂——
细长，细长，像彗尾
坠入虚无

坠入虚无
坠入巨大的星河
——末日游戏，12路公交车变换着肤色
驶向井冈山大桥仅有的波普艺术
驶向麦芒，驶向红色刀刃

曾经，我们沿着江岸消遣
未曾想过谁会在此长眠
——我们都是过客
他人的生活，在7号旅社汇集
然后，散去

散去，7号旅社
我们憧憬的彗星寓所
整个城中村已被夷为平地
不远处，新的建筑正在升起
——彗星好像不曾来过

凌晨五点的歌者

邓小川

大雾弥漫，借半寸灯光
照亮道路冰冷的脉络

树影遮盖天空,转角处
一阵歌声适时进入我的步伐

清脆而又温婉的质地
像跳入凌晨五点的火车鸣笛

你可以想象这铁轨般整齐的牙齿
它如何射出穿透时光的利箭

二 诗歌意象、语言与张力

苗雨时在《论诗歌的符号构成》一文中指出:一首诗是一个整体的象征符号;意象是诗歌整体艺术符号中的符号;诗言作为意象符号的符号。"意象"一词是中国古代文论中的一个重要概念。古人认为,意是内在的、抽象的心意,象是外在的、具体的物象;意源于内心并借助于象来表达,象其实是意的寄托物。中国传统诗论实指寓情于景、以景托情、情景交融的艺术处理技巧。

我们耳熟能详的马致远的《天净沙·秋思》就是一首密集使用意象的诗。《天净沙·秋思》以景托情,寓情于景,在情景交融中描绘了凄苦悲凉的意境,表达了诗人的羁旅之苦和悲秋之情,作品充满了浓郁的诗情。诗歌中的"象",如枯藤、老树、昏鸦、小桥、流水、人家、古道、西风、瘦马、夕阳等,勾勒出了诗人羁旅的凄凉夕阳图。而这些"象"组合在一起,又衍生出"意"来,"意"就是诗人所要表达的情感。整首诗歌言简意赅,短小精悍,却耐人寻味。意象和语言是分不开的,它们是诗歌中非常重要的两个要素。庞德认为意象本身就是语言,意象是超越公式化的语言的道。这就给我们启发,在创作诗歌的时候,要让意象充分发挥其内涵作用,切勿堆砌;同时,语言要简洁、精准,充分发挥其张力。

张力最早是由美国批评家退特在《论诗的张力》中提出的:"我们公认的许多好诗——还有我们忽视的一些好诗——具有某种共同的特点,我们可以为这种单一性质造一个名字,以便更加透彻地理解这些诗。这种性质,我称之为'张力'。"①他认为,诗歌的语言中有两个经常起作用的因素:外延(extension)和内涵(intension)。外延是指词的"词典意义",指词的本义或指称意义;内涵是指词的引申义或暗示意义,或附着于文辞上的感情色彩。退特提出的张力概念,是指语义学意义上的外延与内涵的有机协调,它强调的是诗歌语义结构的复杂多样性。他认为,诗既要倚重内涵,又要倚重外延,就是说既要有丰富的联想意义,又要有概念的明晰性。他说:"诗的意义就是指它的张力,即我们在诗中所能发现的全部外展和内包的有机整体。"②因此,构成张力的诗歌意象与语言也是诗歌习作者要重点训练的一门手艺。

疾病和解药

李路平

被一种病症恐吓
又被一种药物缓解
你有时候相信病
有时候又相信药
相信病的那一部分
让你隐隐作痛
相信药的那一部分
让你无动于衷

我们先看看李路平这首诗歌,里面有两个重要的意象:疾病、解药。他用两两对立的句式,把疾病和解药的关系阐述得淋漓尽致,语言简洁,结构精巧。整首诗歌的张力就体现在"疾病"和"解药"这个对立关系中,因为整首诗歌读下来,我们不仅能想到疾病和解药,还可以想到很多其他的意思。比如,我第一时间想到——执念。你或许想到了其他,甚至每个读者想到的都不一样。那么,

---

① 艾伦·退特.论诗的张力(1937)[M]//赵毅衡."新批评"文集.卞之琳,等译.天津:百花文艺出版社,2001:121.
② 艾伦·退特.论诗的张力(1937)[M]//赵毅衡."新批评"文集.卞之琳,等译.天津:百花文艺出版社,2001:130.

这就是"疾病"意象的内涵,是它所衍生出来的更多的意义。所以,我们在进行诗歌创作的时候,不能简单地停留在诗歌意象的外延部分,要充分使意象具有内涵,这样才能形成诗歌的张力。

致 L

龙斌

春日的凋零源于一种愁思
于夜色中笨拙地滑行,一片、两片……
在交错的枝丫间,林间的小路上
和那些不知名飞禽,游走
此起彼伏的鸣叫与蛰伏的虫一起
这些魂灵在暗处,他们有幽蓝的翅膀
更远处,家乡的桃花大抵都落了
花枝,花瓣,一地绯红
是青涩的血,是沉默
是安静,令人欣喜,令人恐惧
它使体内,生出另一个人的心跳

龙斌这首诗歌中的意象有林间小路、飞禽、桃花。他在诗歌中不断强化这些意象,比如:把飞禽和鸣叫、蛰伏的虫强化成暗处魂灵,而且还有幽蓝的翅膀;把桃花强化成一片绯红,是青涩的血,是沉默,是安静。诗歌层层递进,"令人欣喜,令人恐惧/它使体内,生出另一个人的心跳"。从"春日的凋零源于一种愁思"到"另一个人的心跳",诗歌的张力在一点点扩张,让人读下来,能感受到一种舒畅和豁达之感,又耐人寻味。

这两首诗歌的张力的形成方式有所不同:李路平通过阐述两个意象的关系来构建整首诗歌的张力;龙斌通过不断强化诗歌中的意象,像拉弓箭一样,最后拉满一放,直击靶心。但这两首诗歌的语言都很干净、利落,不会显得臃肿。诗歌是语言的艺术,我们在做诗歌训练的时候,也要注意训练语言的表达、语言的组合和语言的张力。

现在我们做个练习,比如我给出以下场景:一条江,江边有塑胶跑道,两边是绿植和楼房。在这种场景下,你会通过哪些意象、用什么语言来写一首诗歌?记住,还要让诗歌形成一定的张力。

你写完诗歌之后,我们再一起看看李路平是如何做的。

邕江薄雾
李路平

<u>训练和健身的人</u>并未感受到阻挠
<u>垂钓者</u>期待的仿佛正是这一刻
<u>白雾锁江</u>,风吹过去又吹过来又吹过去
不改浓淡厚薄,多么寂寥
江岸的叶响呼应着水响和拐弯的<u>汽笛</u>
来往江心的<u>巨轮</u>到底在运送什么
它们总是让我心生好奇。不见水手
只有未绑紧的防雨布随风招摇
向我问好,我目送它远去
消失,并愿它一切顺利

江心洲
李路平

<u>钓鱼人</u>隐藏秘技来到
更荒芜处垂钓,冬风硬薄
刮扯他们的衣服和皮肤
<u>江轮</u>驶过,排浪几乎就要
打湿他们的双脚
江心的<u>鱼</u>情未必更好
他们长久沉默,静止不动
甚至没有人点燃烟火

绿色的江水逐渐变成黑色
像一条大鱼的背脊
驮着他们动荡的影子，在江心
等待降临

从这两首诗歌中，大致可以看出诗中场景是李路平每日在江边散步、锻炼时所见所闻的。他在江边看到有人钓鱼，有江轮驶过，有在大雾中和自己一样散步和健身的人。这些都是很常见的日常生活图景，如何让这种日常性的事物或者场景形成诗歌的张力，就很见诗人的写作功底。李路平做到了，他通过两个核心意象——垂钓者和江轮，拓展了他的所思所想。在《邕江薄雾》中，他好奇每日往返的江轮，到底运输的是什么。这里的好奇产生了诗歌中的诗意，对未知的探索和好奇，往往是充满浪漫主义色彩的。整首诗歌通过对平淡的日常生活图景的描写，寄托了一种美丽的思绪。《江心洲》的垂钓者冒着凛冽的冬风来到荒芜处钓鱼，江轮也会干扰鱼情，那他们为什么还要在这里钓鱼呢？"他们长久沉默，静止不动/甚至没有人点燃烟火"，他们的目的并不是钓鱼，而仅仅是享受这样一种过程。这就是这首诗歌的张力所在。

关于垂钓者，李路平以下两首诗歌做了进一步的描写和刻画：

雨中的垂钓者

李路平

走上江边步道没多久
雨就下起来了
江水如软玉无时不在波动
看不出雨迹往何处去
冷风吹走了爱看江的人
<u>只有嗜钓者无动于衷</u>，他们
在岸边搭起帐篷
炒菜煮饭，来不及收好衣物
<u>一排排海竿垂向江中</u>

沉默，而又专注
无人知晓过江的鱼群如何
贪婪、慌乱，摇响铃铛
无人知晓它们又如何逃脱
像人一样容易忘记
然后再犯

这首诗重点刻画了垂钓者在江边的生活图景，"他们在岸边搭起帐篷/炒菜煮饭，来不及收好衣物/一排排海竿垂向江中/沉默，而又专注"，这本身就是一幅充满生活气息又充满诗意的画面。下雨天，岸边锻炼的人少了，但垂钓者执着地守在岸边，看着鱼一条条上钩，看着鱼一条条逃跑，这形成了一动一静的画面，诗歌就活起来了。鱼贪吃垂钓者的鱼饵，冒着成为盘中餐的危险一遍遍试探，人又何尝不是这样呢？李路平在诗歌的结尾，把这首诗歌的张力拉满了，直击人心。

垂钓者之歌

李路平

他们可以在江边<u>虚耗一个下午</u>
江水疯长，得寸进尺
蚂蚁爬上他们的脚踝也没
察觉，直到刺痒传来
才响起一声巴掌，又原地跳儿圈
看热闹的人走过来只会让他们
<u>更兴奋，无鱼咬钩又算什么</u>
江水浑浊，孟浪翻涌
<u>嗜钓者垂钓着一天的欢乐</u>
他们来自工地，附近的小区，公司
或者巷子里的废品回收处
<u>面对苍茫的江水这些都不重要</u>

阳光刺破云层,照在他们身上
所有人的脸都一模一样

如果说《雨中的垂钓者》刻画了垂钓者的生活图景,那么《垂钓者之歌》重点塑造了垂钓者的人物形象。"他们来自工地,附近的小区,公司/或者巷子里的废品回收处",他们一样享有虚度时光的权利,同时,这也是他们垂钓的快乐。这首诗歌的升华之处在结尾:"面对苍茫的江水这些都不重要/阳光刺破云层,照在他们身上/所有人的脸都一模一样。"群像的刻画更有冲击力,也更有普遍意义,更容易产生共情:虽然每个垂钓者身份不一样,但在茫茫江水面前,大家都是一样的,一样享受着垂钓的快乐,享受着虚度时光的美好。

通过以上训练和对诗歌的解读,我们对诗歌意象、诗歌的语言和张力有了一定的了解。诗歌意象重点在于外延和内涵;诗歌语言重点在于精准、简洁、有效表达;诗歌的张力重点在于意象和语言的相互作用,从而产生一种内在冲击力或者共情力。

最后,大家可以分析一下,以下这首诗歌的意象、语言和张力。

隔着长江喝酒
刘理海

桂花香遍九月,我们隔着长江喝酒
月趋圆,草丛里的蟾蜍蹲在虫豸声中
有王者的庞大,水中单薄的明镜
轻摇水杉密集的私语,夜晚只属于
旧灯光,那些剥落的人会出现
像影子一样在路上寻找参差的脚步
楼梯上那些生病的墙壁,关着憋屈的
房间,老风扇吹不散满窗的心事

三　结　语

　　总之,诗歌写作的自我设定,诗歌写作的符号化处理,以及自我与世界的交流,是一名写作者必须经历的过程。我们要善于从日常生活中提炼出诗歌的意象,通过符号化手法,转化成诗歌的内容;通过自我与世界交流沟通的语言,构建诗歌的张力。同时,阅读经验也非常重要,只有通过不断阅读,我们才能打开自己的天窗,看到更广阔的世界。最后,写作训练不可缺少,不用去追求写出来的就能成为一首成熟的作品,而应该抱着试错的心态,保持训练的状态,不断总结、打磨。总有一天,你能写出满意的作品。

第六章　初期诗歌写作者的感官训练模式

我们每个人是存在于世界当中的一个独立的个体,山水、河流、树木,我们与之共存,我们感知它们,并有意识地书写它们,说出它们的颜色、形状、长短、气味。我们用自身的感官与之产生交集,物体被我们赋予存在的意义。"我们的感官界定着知觉的范围,由于我们生来就会探究、追问未知事物,我们一生会花很多时间步测风的边界……"①诗歌写作的过程就是打开感官,用感官去获得对世界万物的感知,然后让感知与生活经验相结合。人的感官能力是与生俱来的,可以通过训练让它更敏锐。人拥有视觉、嗅觉、听觉、触觉和味觉,日常生活离不开这五种感官②,初期诗歌写作者要合理利用五大感官,从感官中挖掘诗的普遍性和独特性,从共情到独立。本章将从感官的五个方面,探讨初期诗歌写作者的感官训练方法。

一　视觉训练

费舍尔在诗歌视觉化研究中发现,一旦学生们对他们眼前的文字有了自己清晰深刻的理解,就要求他们将诗歌放在一边,然后将他们选择的诗歌视觉化③。也就是说,阅读诗歌的时候,文字最先带给大脑意象组合的显现,在词语意义的背后,诗歌虚构的图景在大脑里重现。诗歌创作首先要冥想,围绕主题去"布景写物",这个时候的诗歌创作者更像一个导演,人物与环境的大体模样必须在心中有底。导演要考虑观众,诗歌创作者在创作时也要考虑阅读者,诗

---

① 阿克曼.感觉的自然史[M].路旦俊,译.广州:花城出版社,2007:前言2.
② 欧文.人体的奥秘[M].北京学乐行知教育科学研究院,译.长春:吉林美术出版社,2015:32.
③ 富尔福德,哈尔佩恩,斯莱克.摄影讲习所:307个摄影练习与创意[M].门晓燕,译.北京:中国摄影出版社,2015:109.

人要在遣词造句中将诗歌的主题和目的向读者和盘托出，让读者在一次阅读中重现文字中的景象，由景到情，由情达意。这个过程中，诗歌的隐形视觉就在诗歌中发挥了重要作用。文字直观地为我们的视觉提供了许多重要的信息，其他的感官作用次于视觉作用，因而，初期诗歌写作者的感官训练更多地要以视觉为主导，其他感官叠加、融合，这样才能抓住感官训练的要领。

雕塑、绘画、建筑三者被美国艺术史理论家潘诺夫斯基在《视觉艺术的意义》中统称为从古典时代到文艺复兴时期的"视觉艺术的三种姊妹形式"。而后，摄影、电影等也加入了视觉艺术的行列。因而，初期诗歌写作者从绘画、雕塑、摄影、电影等视觉艺术入手，打开视觉感官是必行之举动。

20世纪初，庞德、休姆等英美意象主义诗人接触了当时一反传统更为重视物体色彩、结构和体积的现代画派的静物作品，他们受到1913年纽约"军械营展览"等现代绘画艺术的熏陶和影响，在诗歌创作中融入绘画元素，并尽可能地将绘画与其他因素融合。正如威廉斯在他的《自传》中说的那样："（文学作品）据此开始触及那些实实在在的东西。脱离开纯粹想法之上的文学表达使诗歌与绘画创作得以更紧密的结合。"如威廉斯的短诗《南塔基特》(*Nantucket*)：

窗外的花朵

淡紫明黄

在白色的窗帘后变幻——

爽洁的气息——

午后的日光——

玻璃盘上

一个玻璃瓶，酒杯

倒置，旁边

一把钥匙——还有那

洁白干净的床

从视觉上分析，这首诗歌宛如塞尚笔下的静物，"白色的窗帘"将整首诗歌切割成两个画面：窗外，花朵淡紫明黄，淡雅宁静；屋内，"爽洁的气息，午后的日光"是诗人恬静平和心情的写照。淡紫明黄，一深一浅，在隐藏视觉上是温柔的复合色,微弱和饱满的色调中和,让颜色变得更符合诗人内心情感的表达。玻璃盘上的玻璃瓶、倒置的酒杯、洁白干净的床的静物勾勒,透明与洁白的颜色,统一指向了干净与纯粹的目标地,静物也在读者脑海中产生简洁的印象。这样的视觉设置,诗人化繁为简,用日常的情感与物件去表达本诗主题"南塔基特"。在诗人心里,这样静谧纯粹的内心是南塔基特带给他的,他创作的视觉印象最能代表南塔基特在他内心的形象。这些意象在读者大脑里形成简单的情景,诗歌和绘画在这样简单的描绘中实现了有效结合。隐藏视觉的触动,让此刻诗人在南塔基特某个午后舒适自然的情感,被读者轻易抓捕,这就是视觉先行的魅力所在。诗人刘理海的诗歌《城市的脉搏》也从视觉感官出发进行诗歌创作:

地产耸立,新商场拔地而起
商品的新鲜度呈现在年轻人的脸上
通过信号传递给天空,传递给云
云上纷呈,树上热闹,有松鼠觅食
有彩虹架起鸟群进入天堂的门
而那些极其隐秘的情绪呢? 在夜晚
蠢蠢欲动,成为这座城市的脉搏

依然从视觉入手,诗人生活在城市之中,车水马龙、高楼大厦是城市常态,因而本诗无论是白描还是象征,每一个物象都含有城市的属性。诗人直接交代城市中常见的"地产""新商场""商品",让我们通过文字调动隐藏视觉,在想象中建筑出高楼大厦,看见城市最为表面的肌理。接着"云上纷呈""树上热闹""松鼠觅食"表面写了自然景象,实则写出了都市中人的欲望被满足瞬间的快乐。诗人用森林的自然热闹代替了人欲望被满足的快乐,让读者看见诗人笔下的矛盾反差,思考人的快乐究竟是什么,是否就是那扇颜色艳丽的"彩虹架起鸟群进入天堂的门"? 紧接着森林下的阴郁被全盘托出,城市中年轻人的情绪不露声色,只在夜晚才显露,成为城市的脉搏。这里的情绪很微妙,欲望之下人情感的剩余、情感的空虚,直达脆弱的心脏,这就是城市的脉搏。

因而,整体来说,诗中城市画面的呈现,更多的是想呈现城市中年轻人的复杂情思,这种情思,隐匿在城市的画面中。初期诗歌写作者也可以选取日常生活中最具代表性的景象,以绘画的方式表现出来,能更形象具体地表达出情感与主题。

相对于摄影、绘画的静态表现,电影更多的是一种动态呈现,它用色彩、声音、画面等方式,给人以视觉和审美的享受,并引起人的哲思。不同的观看者运用电影的可看性,调动想象力,综合自身的经历,从自身角度去解读电影,使电影的"能指"多重,由各自人生经历和各种独特体验牵引出人生思考、社会体察,诗歌语言也会因为电影画面的组合和构建而更加清晰、诱人。因而,借助电影的色彩、声音、画面,惶惑而不知如何入手的初期诗歌写作者可以通过观看优秀而内涵丰富的电影,刺激感官,开阔视野,加深思考,并以电影中的画面、人物情感等为辅助,进行诗歌创作。此处以谢尔盖·帕拉杰诺夫拍摄的以18世纪亚美尼亚游吟诗人萨雅·诺瓦为原型的电影《石榴的颜色》为例,说明优秀且内涵丰富的电影对初期诗歌写作者的诗歌创作的启示和借鉴意义。

整体来说,《石榴的颜色》这部西方先锋派的诗化电影是隐喻、象征电影中的代表作品。影片运用大量隐喻、象征手段表现主人公的生存活动轨迹,耐人寻味,运用色彩鲜明的影像和支离破碎的情节来表达诗意的混乱性和不确定性[1]。具体而言,它能作为初期诗歌写作者感官训练的素材主要有三个原因:

一、色彩的多样、物品的多样等能给人带来视觉上的直接刺激。红色而晶莹剔透的石榴籽铺在妇女画像周围,红色染料涂抹在白色公鸡身上,白色丝线放在红色染剂中浸泡,浸泡后的红色丝线、深蓝色丝线被依次放置……这些场景、颜色对比鲜明,且不同于平日里我们见到的绿色的树木、蓝色的天空、粉色的花朵,因而能对视觉造成直接刺激,增加视觉感受,为诗歌书写提供便利,让诗歌写作者对于颜色等视觉的冲击更为敏感,也更能把握和运用。

二、物体呈现的方式。电影中的物在不与其他的情节连接组合时,它的出现本身就是视觉上的一种冲击。而影片中的许多场景支离破碎,物和物之间的连贯性不强,它们被切分为独立的物。电影中最具代表性的物体莫过于石榴,飞溅出红色汁水的石榴、镶嵌在皇后头像周围的石榴,还有晒书、在教堂堆积的羊群,它们背后的寓意使观看者有意识地加深对画面的理解,进而达到视觉训练的目的——通过视觉刺激,引起思考,最终有利于诗歌写作。

---

[1] 彭媛.《石榴的颜色》中诗学场的消解与重建[J].名作欣赏,2021(6):176–177.

第六章 初期诗歌写作者的感官训练模式

三、支离破碎的情节和隐秘的隐喻，使得内涵丰富，能指多重，整体感官被放大，达到感官训练的最终效果。所有的感觉都为我们提供了大量关于周围环境的有价值的信息，但是到目前为止，视觉为我们提供了最重要的信息。这部电影的内涵丰富，一般人觉得它晦涩，表意能指多重，但正是因为这样，从中可以提取到多种不同的含义。因而，初期诗歌写作者在观看这部电影的过程中，感官得到很大程度的训练，在此基础上，以其中某一个内涵为线，通过电影中的画面或者感官刺激后的想象进行诗歌创作，会收获到意想不到的效果。

我们来看一看诗人刘兰的诗歌《七弦琴弹奏》，看看她在观看完电影《石榴的颜色》后，创作中视觉感的提升以及她对电影视觉要素的运用。

七弦琴弹奏，黑色的琴弦指向别处
我企图望向身后的金色天使
观看，来自他者的凝视照向自身
打开的书籍无须期待展览陈列

客体之眼辨别对比的可能性
我弹奏和拼接乐章，渴望重新回到
窄叶植物闯入金色的器物与枷锁
我诵读诗篇，怜悯为何还未到来

他人的语言与我一同放置在墙壁上
我逃亡时遇见的海是灰暗的蓝
信仰我唯一的真神他施以万物怜悯

银色的十字架布满草地指向模糊的衍生
我背负这种痛楚那圣洁的永生的花朵

你穿着黑色衣服施洗，受礼
打开双手洗去不洁翻阅书籍
寻找神的寓言来自窒息的痛苦

同一块碑石上的图案我无法再次进入

　　七弦琴是影片中的重要之物,它象征着诗人的艺术爱好,诗人的一生都拿着七弦琴,他周围的人和物都在变,但是他的七弦琴一直在他身边①。"七弦琴弹奏,黑色的琴弦指向别处",诗人在此处提到影片中代表诗人艺术爱好的七弦琴,原本指出七弦琴已经足够,因为它的出现足以代表它的象征义,但是诗人又从视觉感受出发,进一步强调它的颜色,是"黑色的琴弦",而不是白色、银色、灰色的,这显然是对影片中场景的直接描写和陈述。这样的描写,不仅能增强文字的画面感,而且能够使象征意义和诗歌内涵更为丰富。"黑色的琴弦指向别处"的寓指,比单单"七弦琴弹奏"这一句更生动具体。此外,"我企图望向身后的金色天使"一句,相比于其他诗歌对天使的描写,也突出了它的颜色"金色"。其实,不管是天使还是圣母,它们都散发着神性的光辉,头顶上都有一圈亮的光环,而着意去强调颜色,是因为影片中天使这一物象给诗人以直接的视觉感受,它本身所包含的寓意并没有多大变更,仍然是通常意义上的天使。除此以外,本诗第三节中的"我逃亡时遇见的海是灰暗的蓝"也强调了海带给人的视觉感受,"海是灰暗的蓝",因为正是"我逃亡时遇见的海",所以海才不同于以往的蔚蓝色、天蓝色,而是灰暗的、阴郁的、不明朗的。视觉上的不同和独特,成为诗人表达逃离、逃避这一情感的方式。整首诗歌读下来,因为影片对视觉的开拓,使得诗人的语言带有更多的视觉色彩和独特物体,也使诗人的语言更具画面感,更加生动有趣。

　　视觉训练能让诗人有画面可写,诗人受到影片中画面的启发而进行连续性描写,使诗歌能够因为深刻的寓意和中心主旨而连贯起来,以达成诗歌写作的目的。

---

① 彭媛.《石榴的颜色》中诗学场的消解与重建[J].名作欣赏,2021(6):176-177.

二　听觉训练

　　视觉作为人对物的第一印象,虽然带给我们丰富的感官体验,但是单靠视觉这一感官无异于聋哑,会导致诗歌不健全。只有其他的感官加以协助,诗歌才能被完满地呈现。

　　听觉是空气中的声音震动鼓膜,鼓膜后面的骨发生震动并将震动波传递给耳蜗,耳蜗内的神经再将声音信息传递给大脑[①]。听觉对我们日常生活的重要性不言而喻,没有声音的世界难以想象,正如戴安娜·阿克曼在《感官的自然史》中所提及的那样,如果你失去了听觉,一根关键的生命线便化为了乌有,你从此便无法再具有生活的逻辑。你会与世上的日常交流完全失去联系,仿佛你是埋在土壤之下的根[②]。生活中,失去听觉一定程度上会让你失去感知世界的方式。除此以外,听觉对文学特别是诗歌写作的重要性也不言而喻。

　　《诗经》中出现叠字句、叠句诗,从听觉或者从声音方面入手,使得诗歌更具魅力,唐诗格律将对音乐的追求发展到极致。民国时期,关于诗歌音乐性的论述最著名、最具代表性的是闻一多先生的诗歌三美——"音乐美""绘画美""建筑美"。由此看来,听觉对于诗歌具有重要作用。那么,初期诗歌写作者要经过怎么样的听觉训练,才能达到提升听觉能力,并充分运用在诗歌写作之中呢?

　　一是要仔细地感受日常生活中的声音,有很多声音我们经常能够听到,却常常被忽略,我们要用心感受,积累日常生活中经常能够听见的声音,不知不觉运用于诗歌写作中;二是利用诗歌写作的韵律、押韵、诗歌排列等知识进行专题训练。这样的话,初期诗歌写作者才能把握听觉要素运用的要领,达到提升诗歌写作的目的。如《错误》:

　　我打江南走过
　　那等在季节里的容颜如莲花的开落

[①] 欧文.人体的奥秘[M].北京学乐行知教育科学研究院,译.长春:吉林美术出版社,2015:32.
[②] 阿克曼.感觉的自然史[M].路旦俊,译.广州:花城出版社,2007:187.

东风不来,三月的柳絮不飞
你的心如小小的寂寞的城
恰若青石的街道向晚
跫音不响,三月的春帷不揭
你的心是小小的窗扉紧掩
我达达的马蹄是美丽的错误
我不是归人,是个过客……

这首诗歌是诗人郑愁予的作品。整首诗歌读下来是清新可人的,又带着失落和惆怅。江南山清水秀、绿水环绕,而在这样怡然自得的乡村图画中,一位女子正在等待自己心爱的人。"跫音不响,三月的春帷不揭"相互映照,回环往复。"跫音不响"运用了听觉的效果,女子本应该听见归人的脚步声,可是却没有等到,这里的"跫音"是女子的期待,跫音与三月一样迟迟未来,女子的心情焦急难耐。紧接着"我达达的马蹄"中"达达"两个叠音词,在此非常有韵律感,给诗歌的画面增添了一些意料不到的画外之音,这里声音的出现让读者在"等待"的阅读中获得一丝惊喜。最终,全诗在"我"不是归人,而是一个过客中仓促落幕。"我达达的马蹄"其实就是在那个交通不发达、靠马和书信传递信息的年代最为寻常的声音,诗人对脚步声和马蹄声的运用让诗歌在沉寂中焕然出彩。这就是对日常生活声音的收集和运用。现代诗歌创作者陈洪英的作品《一部分》,其中对听觉的运用也十分出色。

时间是需要缝补的屋檐
用出色的泥土搅拌
孤独装点,秋天的雨再也不会
从一个人住的屋顶上漏下

修葺过去的声音
牛羊新鲜的叫声
混杂着,孤独的相逢,"铃铃铃"
撞击着远处的朦胧中的松柏树

雪地上小松果被收拢
低头,幻想着需要得到的事物
倒一杯酒,听着岛的喘息
这只是一部分
生活,有巨大而坚硬的爪牙
拎住逃往荒岛的人

过去挂在绿色的枝丫上
慢慢结成不规则的黑色的小疙瘩
里面爬着焦虑的蚂蚁
带着针的绿色毛虫
一口蛰痛,留恋
在火山脚下的森林里的人

坚守,无花果实缔结的妖艳
鲜活而甘甜,渗进雨水
省去了步骤却依然沉重
有生命凝结的分量
只是没有被别人看到而已
但却是真实的存在

你看不见的也是一部分
隐藏着的最重要的一部分
是经常被忽略的
细小的,蛛丝马迹
过去也只是生活的一部分

整首诗歌想要表达的是在漫长的时间之中,人会慢慢独立。第二节"修葺过去的声音/牛羊新鲜的叫声/混杂着,孤独的相逢,'铃铃铃'/撞击着远处的朦胧中的松柏树"等句子中,"牛羊新鲜的叫声"是作者日常生活的声音体验,是对她生活感受的复述与书写。牛羊的叫声在她眼中是新鲜的、独特的、与众不同的,这样的声音,撞击着远处的松柏树,形成一种回环。只有在日常生活中细心感受、体验,才能在诗歌创作的时候运用自如。

除了在日常生活中要用心感受、获得诗歌写作的要领,还要掌握诗歌的韵律、节奏、押韵等方面的要点,这样的话,内容和形式两个方面都做到了和谐统一,听觉训练就能达到应有的效果。

郑愁予的《错误》句式错落有致,不像闻一多《死水》那般齐整,但他把握了押韵以及句式间的反复、回环,如"我打江南走过/那等在季节里的容颜如莲花的开落",末尾的"过""落"二字押韵。除此以外,"东风不来,三月的柳絮不飞/你的心如小小的寂寞的城/恰若青石的街道向晚""跫音不响,三月的春帷不揭/你的心是小小的窗扉紧掩"两句虽不押韵,但句式的反复使得整体听觉感受整齐、动听,而且相互间衔接紧密,紧扣"错误"这一主题,与"我达达的马蹄是美丽的错误/我不是归人,是个过客……"衔接得恰到好处。

所以,整体来说,初期诗歌写作者的听觉训练主要应从日常生活中仔细感知、专业的声音训练两方面入手,但不能只局限于押韵与否、句式齐整与否,而要更多地通过声音训练,把握听觉要素运用的要领。

三　嗅觉训练

嗅觉也是感官的重要组成部分,诗歌使用文字载体对嗅觉的要求并不高。在我们看来嗅觉仿佛只有香臭两种气味,十分简单,但在诗歌创作中,嗅觉的使用并非如此容易。有时候,我们闻到花丛中清新而又扑鼻的香味时,根本无法找到言语来描述它,我们会说"好香"或者"像苹果的清香",但"香"本身就是一个抽象的词,不同的人对于"香"或者其他的气味都有自己的理解,因而对嗅觉的理解就会呈现出多重且没有统一的标准。

视觉所属的物体的颜色、形状、长短、厚薄,我们有相当丰富且庞大的语汇来进行描述,听觉也是如此,但是嗅觉却没有这样丰富且准确的词语库,只能用替代性或者大家都熟知的气味来进行描述。气味能够被感受和表达,我们用鼻子去闻,每一次呼吸都能让我们感受到气味。

第六章 初期诗歌写作者的感官训练模式

虽然我们缺少描述嗅觉方面的词汇,但正是因为这样,嗅觉才更具神秘感和新奇感。可仅仅拥有新奇感和神秘感往往是不够的,作为初期诗歌写作者,要思考如何才能更准确地把握嗅觉,描述和书写自己的嗅觉感官,进而推进诗歌写作,表达自我的感受,才是重中之重。

诗人胡桑在他的散文《在孟溪那边》中对气味进行了书写,"箬叶则是做粽子的叶子,有一股清香,我捉鱼的那条沟渠旁就生长着许多箬叶","并非每株蚕豆苗都会长耳朵,而且还长得隐秘,所以在清香、鲜嫩、茂密的豆苗丛中搜寻起来是件趣事","我给那些燃尽后依然具有火药清香的外壳灌上火药,插一根鞭炮上拆下来的导火索,再用一张红纸封上,看上去很像回事"……箬叶、豆苗、鞭炮燃尽后的外壳这些他喜爱的、有些迷恋的事物,他都用了"清香"一词来修饰,但被修饰的三者其实在外形、颜色、大小等方面没有什么共同之处。它们有被描绘、被书写的机会是因为诗人以前见过它们,用心体会过它们,在许久以后,回忆起它们来。它们沉淀得足够久,有岁月的韵味和香味。此外,我们大多数人都接触过箬叶、豆苗和鞭炮燃尽后的外壳,知道用"清香"描绘它们很恰当,但不同的人对它们总有不同的体验和感受,因此我们也可能用其他的词语描绘它们。

现代诗开山鼻祖、象征派先驱波德莱尔的诗歌《感应》中,充满了感官的能量。

自然是一座神殿,那里有活的柱子
不时发出一些含糊不清的语音;
行人经过该处,穿过象征的森林,
森林露出亲切的眼光对人注视。

仿佛远远传来一些悠长的回音,
互相混成幽昧而深邃的统一体,
像黑夜又像光明一样茫无边际,
芳香、色彩、音响全在互相感应。

有些芳香新鲜得像儿童肌肤一样,

柔和得像双簧管,绿油油像牧场
——另外一些,腐朽、丰富、得意扬扬,

具有一种无限物的扩展力量,
仿佛琥珀、麝香、安息香和乳香,
在歌唱着精神和感官的热狂。

本诗最后两节对"有些芳香"做了全面的描绘。"芳香"本身跟"清香"一样,是一个泛指且抽象的词语,不同的个体有自己关于"芳香"的谱系。但将嗅觉这一感官与触觉、视觉相联系,嗅觉就更加具体可感了。如作者将"有些芳香"的新鲜比作"儿童肌肤",将"有些芳香"的柔和比作"双簧管",将嗅觉转化为触觉,让人对"有些芳香"的新鲜、柔和更有体会,更有感受。此外,诗人还将"有些芳香"和视觉感受相连,如"绿油油像牧场",这样,就将捉摸不定的嗅觉变成直观可感的视觉了。最后,诗人还将嗅觉转化为其他的嗅觉,"有些芳香"用"琥珀、麝香、安息香和乳香"来代以描绘,这样的话,"有些芳香"的新鲜、柔和、绿油油便展现得淋漓尽致。诗人莫小雄的《小花传达植物思绪》中,也有他在嗅觉方面的描写和体会。

对于一条维持着植物原始气味的寂静小路
我的走过破坏了它们
想要明丽清晨的现实性。至少
红叶李的庇护,不会与撑伞的力度抗争

一个春季的泥土和雨露
这真真切切的存在,让这些小花
悄悄地往鼻孔里加载香气
半公开地传达一些植物思绪

时间的脚步没有停下
为什么大自然把

> 绿色的眼睛盛开,凋谢……
> 循环式的,植物的战场

这首诗歌整体上清新自然,没有太多的杂质,却充满着生活的朝气和难以言说的魅力。在诗人眼中,"寂静小路"是维持着植物的原始气味的,这是一种怎样的气味呢?是大自然独有的清新、嫩绿、舒适的气味。这样的"寂静小路"难免让人生出一种恍惚迷离之感,有些不真实,而"我的走过破坏了它们/想要明丽清晨的现实性","我"闯入这样一片寂静的无人之地,给予明丽清晨以现实性,但春日的美好仍在持续。"一个春季的泥土和雨露","悄悄地往鼻孔里加载香气/半公开地传达一些植物思绪",春季的泥土和雨露,使得百花生长、绽放。这些香气被我们感受到,在向我们展示植物的状态,静止、无法言说的事物在诗人笔下突然灵动起来。诗歌最后一段提问:"为什么大自然把/绿色的眼睛盛开,凋谢……"时间让大自然成为"循环式的,植物的战场"。写到这里,我们回头看诗歌开头"寂静小路"拥有植物原始的香气,以及诗歌第二段"小花悄悄地往鼻孔里加载香气",就知道这些嗅觉方面的描写都非常准确。所以,只要积攒足够多的语汇,拥有足够多的学识,阅读过足够多的书籍,且在生活中能够用心体会和感受,你就能够尽可能准确地描绘世间的气味,不管它们有多虚无。因此,初期诗歌写作者要有一颗敏感的心,用心去品味、发现生活中可运用的嗅觉要素,增加阅读量,学习他人的技巧,最终达到准确地表达自己感受的目的。

四 触觉训练

触觉是什么呢?英国的欧文在《人体的奥秘》中有这样一种解释:在触摸物体时,皮肤内的神经末梢会感知物体是冷还是热,是粗糙还是光滑,是疼痛还是舒适[1]。我们知道刚出生的婴儿的皮肤柔软光滑,知道桃树的树干粗糙,知道石凳平整且冰冷,这是因为我们在不知不觉中调动了触觉器官,对不同物体进行了鉴别。"任何初次的触摸和触摸形式的改变(从轻柔的到疼痛的)都会给大脑

---

[1] 欧文.人体的奥秘[M].北京学乐行知教育科学研究院,译.长春:吉林美术出版社,2015:32.

送去一连串的反应。而持续下来的、低层次的触摸则不会引起注意。当我们有意识地触摸某个东西的时候——我们的情人、新车的挡泥板、企鹅的舌头——我们就激活了触觉受体复杂的网络系统,通过把触觉受体暴露于某一种感觉从而使它们爆发,改变这种感觉,并把这些触觉受体暴露给另一种感觉。"[1]

如果我们不曾触摸乌龟的壳,我们就无法感知它背后的纹路和坚硬程度,如果我们不曾接触木雕,我们就无法感知它的纹路,不能知悉和体验视觉之外的触觉之美。只有将视觉、触觉、嗅觉等多种感官连接起来,我们才能将木雕或者其他事物的美妙感受得淋漓尽致,否则,我们得到的只是经过二次消化后别人传递给你的感受。这样的感受是间接性的,你没有自己亲身经历,你对它们的印象就不够深刻。你不能将别人描述的触觉感受内化成你自己的知识储备,要让它们为你的诗歌创作提供素材,几乎是奢望。因而,初期诗歌写作者进行触觉训练时,要尽心尽力去感知,得到真真切切的感受。

劳伦斯在诗歌写作中,就有非常强烈的感官意识,其中触觉感知他写得最多,而触觉感知之中,他表达最多、比较注重的是触摸在亲子和两性之间起到的爱意传达作用。他的诗作《葡萄》让人回到了生命刚刚开始的蛮荒时代,那时,不管是人还是其他的动物、植物,都是依靠触觉本能去感受外部世界。

那是另一个世界,
一个昏暗、没有花朵,满是触须的世界,
生灵停留于网结和湖沼的混沌。
在这进化的边缘,人是软肢的原生,
静寂。敏感而活跃。
用藤须一般的听觉、触觉,
辨向,延伸。
触探而认识,依靠那天然的本能,
比月亮更纤巧,
当她感受潮汐的来临。

---

[1] 阿克曼.感觉的自然史[M].路旦俊,译.广州:花城出版社,2007:86-87.

第六章 初期诗歌写作者的感官训练模式

在人类文明还没有进化之时,那个混沌世界昏暗,没有芳香、草木,感知事物要依靠触觉器官,一切事物都还没有成形,只停留于网结和混沌。随着时间的推移,人不断进化,利用触觉去探寻不可知的万物。因而,从这首诗中可以看出劳伦斯对触觉感官的重视,认为在人类文明还未成形之前,主要通过触觉来感知不可预测、变化多端的世界。此外,劳伦斯的诗歌在一定程度上强调了触觉的重要性。接下来,我们以一首诗歌为例,说明如何进行触觉训练,以此来满足初期诗歌写作者学习诗歌写作的需求。我们来看李路平的诗歌《我知道》:

> 我知道,所有的人终将离开
> 所有的物也终将损坏
> 譬如所有的时光终将耗尽
> 我会花光我所有的好运气
> 在简陋的房子里等着一件
> 比一件坏的事情到来
>
> 所以我多么珍惜现在的
> 每一天,那些友善的和温和
> 可以触摸的惊喜,疼痛
> 也更加真实,还可以爱恋
> 无休止地思念或悔恨,再去
> 忘记,仿佛还有无数次机会
> 等着我抓住、浪费

诗歌第一节表达的是一种整体的感受,诗人通过触摸日常生活事件发出感慨,"所有的人终将离开/所有的物也终将损坏",所有的人都会离开,所有的物都会损坏,这样的感受是共同的。因为在日常极其细小的事件之中,我们常常能感觉到人来人往、事物变更,这是一种全方位的感受,涉及复杂的生理感觉和心理感受,所以仅靠抽象的感慨并不能非常准确地表达个人独特的生活体验。因此,诗人在第二节中把这一句抽象、概括式的感慨展开了。正因为所有人都会离去、所有物体都会损坏,"所以我多么珍惜现在的/每一天,那些友善的和温和/可以触摸的惊喜,疼痛/也更加真实"。"那些友善的和温和/可以触摸的惊喜,疼痛"在此处出现,虽然只是对人生无常这一感觉的扩充和延伸,但是这一具体的触觉感受,不仅得到了有效的利用,而且还因为这一触觉感受是在抽象、共同的生活感受下书写的,所以简简单单的"惊喜""疼痛"等触觉感受就得到了很好的安置,而不再孤立,像是无病呻吟。

因而,触觉训练除了直接用皮肤上的神经细胞进行感触,通过刺激加强感觉记忆以外,还需要将具体的、单个的触觉感受放置于更具统领性的抽象意义之下。换句话说,触觉的书写和描绘要为诗歌的中心和主旨服务,如果不顾诗歌所要表达的意义,随意书写复杂的触觉感受,那么这样的触觉记忆并没有完成它的使命,触觉训练也没有得到较好的效果。

五 联觉训练与运用

一般而言,新生的婴儿还不具备区分不同感觉的能力,嗅觉、听觉、触觉等多种感官感受都处于混乱未成形的过程中,他们既能听到气味、看到气味,也能触摸到气味。但是对于我们大多数人而言,这种感觉上的联动从来都没有停止过。比如:只要一听到"弗兰西斯"这个名称,就会联想到烘豆;一摸到镀金表面就会看到黄色,或者能闻到时间的流逝[1]。

在日常生活当中,我们不能完完全全地接受听觉或者视觉,不同的个体都在体验着多种感官交融。例如,我们利用嗅觉闻到芒果的香味,又用味觉品尝,用视觉感知它的淡黄,用触觉感受它光滑、柔软的外表,只有充分将感官融合,我们才能完完全全地感知一个物体,知道它的颜色、大小、轻重、味道,这样才能更好地加深对一个物体的了解,达到整体感知一个物体的目标。波德莱尔在声音、气味、形状等元素的运用方面引以为傲,他的各种感官交融的十四行诗对喜爱运用联觉的象征主义运动产生了极大的影响。"象征(symbol)"一词来源于希腊语"symballein",意思是"合在一起"。象征主义者相信"所有艺术均为对一个原始谜团的平行翻译。感官相互之间进行着联系:声音可以被翻译成芳香,

---

[1] 阿克曼.感觉的自然史[M].路旦俊,译.广州:花城出版社,2007:315.

第六章 初期诗歌写作者的感官训练模式

芳香又可以翻译成视图"①,所有的感官都能进行交融,文学创作甚至可以用语言进行转化,借助一种感官感受来表达另一种感官感受,从而使感官感受表达得更为生动、具体。接下来,我们以象征主义先驱者波德莱尔的《头发》为例,来说明联觉在诗歌中的运用以及运用的效果,从而给初期诗歌写作者不一样的启示。

哦,垂到脖子上的浓密的头发!
哦,环形的鬈发! 哦,慵懒的清香!
狂喜啊! 我要像挥动手帕一样
将头发摇荡,为了让今晚沉睡在
发中的回忆充满这阴暗的卧房!

无精打采的亚洲,炎热的非洲,
遥遥远隔而几乎消逝的万邦,
都活在你的深处,芬芳的丛林!
像别人的精神飘在乐曲之上,
爱人啊,我的精神在你的发香上荡漾。

我要去到那充满生气的树木和人
都在炎热之下长久昏厥的地方;
结实的发辫啊,请做载我的海浪!
乌木色的海,在你的内部藏有
风帆、桨手、旌旗、桅杆的美梦之乡。

一个喧嚣的海港,可以让我的灵魂
大量地酣饮芳香、色彩和音响;
那儿有驶过金光波纹的航船
伸开巨大的臂膀,要拥抱那

---

① 阿克曼.感觉的自然史[M].路旦俊,译.广州:花城出版社,2007:316.

永远漂着暑气的晴天的荣光。

我要把我爱陶醉的头钻进这座
包容另一海洋的黑发的大海;
我微妙的精神,受到摇动的抚爱,
将能再找到你,丰饶的慵懒啊,
找到香甜的悠闲给我的无限安慰!

蓝色的头发,由黑暗撑着的营帐,
你赐我无限的、圆形天空的蔚蓝;
在你一绺绺头发密布绒毛的岸边,
我要热烈陶醉,陶醉在由麝香、
椰子油、柏油混合的香气里面。

长久!永久!在你浓密的长发里,
我要亲手撒布红蓝宝石和珍珠,
让你能够常常听从我的心愿!
你不是我梦中的绿洲?不是我悠然
从其中饮我回忆之酒的葫芦?[①]

整首诗对"头发"进行描写,如果只专注于头发本身,那么我们能够用足够多的词汇将头发的颜色、形状、粗细、长短描述出来,但这样的描写未免过于局限,仅立足于事物本身而不能够相应地拓展。波德莱尔的高明之处在于,他利用联觉,将各种感官、感受连接、交融起来。诗歌第一节,诗人立足于"头发"本身,它是"环形的鬈发",有"慵懒的清香",这是头发给"我"的视觉和嗅觉感受,这样的头发令"我""狂喜",我们能够较为清晰地掌握作者对头发的最初的感受。

接下来,诗人写到"无精打采的亚洲""炎热的非洲""遥遥远隔而几乎消逝

---

① 波德莱尔.恶之花 巴黎的忧郁[M].钱春绮,译.北京:人民文学出版社,1991:59-60.

的万邦",这些宽阔而无边的区域,居然都"活在你的深处,芬芳的丛林",这头发的浓密、芬芳用视觉的距离得到进一步描绘,远比就头发本身进行描写更能打动人,"我的精神在你的发香上荡漾"。诗歌第四节写到头发似是"一个喧嚣的海港",这个海港"可以让我的灵魂大量地酣饮芳香、色彩和音响",这样一来,又将听觉与人的整体感官结合起来,拓展了整体的描写范围,使整首诗歌的格局和范围变得更宽更大,从而更能表达作者想要表达的感受。因而,我们通过对上述诗歌的分析知道,如果初期诗歌写作者仅靠描述要表现的事物本身,是不能够详尽地表现它的特征的,只有借助联觉,利用其他的感官进行描绘,才有详尽、细致描述它的可能。

  本章节通过对视觉、听觉、嗅觉、触觉、联觉五个方面的讨论,运用举例分析的方法,对初期诗歌写作者了解如何进行相应的训练,以加强自我的整体感知能力,从而更好地投入到诗歌写作具有重要意义。当然,要提升感官能力,要做的远远不止这些,要多与生活接触,拥有更多的亲身体验,同时,加大阅读量,拥有较为丰富的阅读存储。这样,初期诗歌写作者就能从直接经验和间接经验的库存中寻找合适的语句,较为准确地描写自我内心的感受,完成诗歌写作的过程。

第七章 初期诗歌写作者的长句训练

我们这里讨论的长句到底是什么呢？句子的长度可以定义长句跟短句的界限吗？每行二十字，还是二十五个字？在辞典中，长句指词语多、结构复杂的句子。与短句相对，长句多用修饰成分和并列成分，句子成分往往由结构复杂的词组充当，形成了结构长、层次多的特点。实际上，长句写作这种形式很少见，很多诗人都是长句跟短句写作同时进行，长句写作的诗人更加难以定义。而阅读长句很明显比阅读短句要艰难许多。初期诗歌写作者如何开始阅读长句与模仿长句，这就是我们要讨论的问题。

一 长句训练的意义

在交流中，句子的长短是一个相对模糊的概念，是从句式的角度区分的。句式是指句子的结构方式。长句是短句结构成分的延续或扩展。不管是长句还是短句，诗歌总是需要用语言来表达的。长句的阅读体验比短句更加障碍感，我们很容易看出来，阅读一篇长句作品和阅读一篇短句作品所需要的时间更多。试读这样一个句子吧：

白天唱着白天的繁忙，夜晚是精力充沛，亲密友好的小伙子们的歌唱。

引吭高歌，歌声嘹亮，悦耳坚强。[1]

这个句子看起来就像一个迷宫，是几个短句堆积起来的产物。当然，这里只是选了这首诗歌的一小部分，长句写作呈现出来的作品的视觉效果是层层堆叠的、繁复的，即惠特曼说的"自发的，碎片的"。初期诗歌写作者开始喜欢写短句，很显然，写短句能更快地写出一首诗。初期诗歌写作者只需要一点描写、抒情、议论，就能很快地组装起来一首诗。因此，初学者偏爱短句，短句写作似乎

---

[1] 惠特曼. 草叶集：惠特曼诞辰200周年纪念版诗全集[M]. 邹仲之，译. 上海：上海译文出版社，2019：14.

无条件地给予了初学者信心。在写作或者诗歌课堂上,我们几乎接触不到长句。在各种诗歌讨论和诗歌工坊中,长句像是诗歌的影子。诗歌按内容性质和表达方式的不同,被分为抒情诗、叙事诗、哲理诗,或者被分为格律诗和自由体诗。长句和短句似乎还没有进入到诗歌的分类体系当中去。短句"霸占"了诗歌课堂,一开始教学,使用的诗歌必然是短句。这使得诗歌教学变得便利,初学者习得一些简单的技法,就开始诗歌写作。诗歌教学中缺少长句训练,使得初学者没打好基础就进入了诗歌写作,缺乏写长句的能力。客观上,这限制了初学者进一步的学习。长句写作训练是感官的持续专注,它带来的敏锐、散漫或者紧张之后的松弛,都是不同于短句写作的。写下一个长句,往往需要耗费很多的精力,需要写作者长久地专注。毫无疑问,诗歌写作需要专注,我们只有在持续的专注之下,才有可能抓住转瞬即逝的灵感。初学者写下一两个短句,再组成诗篇,最后进行修改,这样的模式很容易让初学者陷入轻率随意的表达。即便如此,长句写作训练仍然很少有人提出,与之相应的是初学者无法习得相关技能。从"五四"开始到现在的新诗,我们很难找到长句写作的典范。

长句写作有利于初期诗歌写作者深入诗学的空间,也能锻炼初期诗歌写作者的观察能力,短句写作获得的技能几乎都会在长句写作中得到加强。长句写作帮助初期诗歌写作者训练自己。很多时候,写作是孤独的,是在一个人的环境下完成的。当然也有小说家喜欢在非常吵闹的地方写作,但写诗,你可能更需要独处。而独处的能力就像一块肌肉需要锻炼,写长句要求写作者必须能够长时间专注。完成长句训练能帮助初期诗歌写作者走向更广阔的诗学空间。长句写作并不是无法复制的技巧,初期诗歌写作者通过长句训练能够完成更好的作品。从这一方面来说,它是意义重大的。说到底,诗歌是由人写作的产物,是非常个人化的东西。每一次训练都会带给写作者不一样的东西,这就是写作者在表达的同时也受到表达的影响。这听起来有些拗口,但仔细分析,写作者完成一个作品,无论如何都带有个人化的东西。作品是产物,表达是过程,写作的人是核心。在写诗这个活动方面,没有什么东西比鲜活的生命更重要。

二 感官和长句训练

很多诗人都会同意,写诗是一种近乎匠人般的工作。无论写什么东西,都需要不断模仿和练习。下面我们来看一些例子。郭沫若和惠特曼都曾从长句写作中获益,接下来,我们分别来看这两位诗人的长句。

惠特曼《自己之歌》①的开头这样写道:

我赞美我自己,歌唱我自己,我所讲的一切,将对你们也一样适合,
因为属于我的每一个原子,也同样属于你。
我邀了我的灵魂同我一道闲游,
我俯首下视,悠闲地观察一片夏天的草叶。

在郭沫若的《我是个偶像崇拜者》②一诗中,诗人塑造了这样的自我:

我是个偶像崇拜者哟!
我崇拜太阳,崇拜山岳,崇拜海洋;
我崇拜水,崇拜火,崇拜火山,崇拜伟大的江河;
我崇拜生,崇拜死,崇拜光明,崇拜黑夜;
我崇拜苏彝士,巴拿马,万里长城,金字塔,
我崇拜创造底精神,崇拜力,崇拜血,崇拜心脏;
我崇拜炸弹,崇拜悲哀,崇拜破坏;
我崇拜偶像破坏者,崇拜我!
我又是个偶像破坏者哟!

挑选出这两首诗对比是为了看得更加清楚,诗人们都在诗歌中倾诉情感,

---

① 惠特曼.中外名家经典诗歌:惠特曼卷[M].武汉:长江文艺出版社,2008:30.
② 洪子诚,程光炜,李怡.中国新诗百年大典:第一卷[M].武汉:长江文艺出版社,2013:179.

企图塑造自我的形象。前者的诗歌中仿佛写的是一位浅吟低唱的歌者,而后者的情感宣泄得更加激烈。如果我们分别朗读这两首诗歌,那么其中的区别会更加明显。我们会发现,阅读长句的感觉跟阅读短句是不一样的。很明显,长句特殊的长度对读者的专注力有要求。读者的专注度一下子提上去了,就会带来不一样的感觉。阅读体验会变得艰涩、漫长。读者跟作者的距离好像缩短了,这些长句迫使读者进入作者的世界。初期诗歌写作者很容易学会怎样开始写一首诗,但是很难创造出长句子。

　　人的感官是有差异的,每个人的感受能力有强有弱。可能有很多同学认为,感官的敏锐程度是跟天赋有关的能力,训练的作用微乎其微。诗歌跟其他艺术形式一样,需要高强度的专注,在专注的过程中,就需要人的感官参与进来。感官是多样化的,多感官的合作能让诗歌装下更多的信息。当你写下一个短句的时候,你很容易完成,但是当你沉浸到一个长句当中的时候,你会发现这是一个梦游般的漫长午后。当你开始尝试花费好几个小时专注其中,你就会知道这样的过程在你的生活中是极其缺少的。我们总是被一些事情打断,导致根本不会花长时间写作。但是,写长句要求我们安静地坐下来考虑词语和分行。它需要你长时间的专注和绵长的气息。那么达到什么状态才是好的状态呢?这种状态可以这样形容:感官的持续专注带来的敏锐或者散漫。也可以简单地说,就是紧张之后的放松。当你在专注的时间里感到疲倦、无聊,无法进行创作,这一切都是正常的。每一个创作者都会经历这些,只不过那些更为老练的诗人知道怎么样从这种状态中走出来。诗人们采取的办法都不一样,有的会在此刻放弃。但是我们在这里建议,一个初期诗歌写作者不要轻易放弃,要不断地问自己这是不是极限。当你突破自己的极限,包括观察上的极限、表达上的极限和判断上的极限,也许你会觉得此刻就是诗。当你完成突破之后,看着写出的诗行,带来的放松和随意是其他训练所不能替代的。这会使得你的感官变得更加敏锐和坚韧,你能够更加轻巧地写下句子。写下一行长句将不会花费你太多时间,而之后的调整会占用你的时间。当你觉得专注不是一件需要非常努力才能达到的事情的时候,写长句将会变得更加简单。毫无疑问,感官也需要训练。不管世界怎样公平,每个人的差异总是让我们惊讶。有的人擅长写长篇大论,有的人擅长写短小精妙的文章。当你受挫的时候,不必太过沮丧,继续坚持下去就好。多阅读其他诗人的作品总是没错的,也许你能在别人的作品里找到自己的灵感。

三　分解就是在学习如何构造一首诗

　　长句作品是一个庞大的整体,它比短句作品显得更加繁芜。阅读一篇长句作品是比较困难的,但阅读一行长句会是更简单的选择。很多写作者会尝试写诗歌,对此的解释只能是分行的魅力太大了。初学诗歌写作者要练习长句的话,可以从分解开始。尝试分解你看到的长句,一点点看,完全不要担心你是不是没有理解正确。实际上,没有固定的标准,你只需要专注地盯着一行长句,并把它分解为可以理解的多个短句。接下来,我们一起来看美国诗人金斯堡的诗句。

> 我看到这一代精英毁于疯狂,
> 他们饥饿,歇斯底里,赤裸着身子,
> 在黎明时拖着沉重的身躯,
> 穿过黑人区街巷,寻找疯狂地吸毒机会。
> 一群嬉皮士嗜毒者渴望在夜间体验到
> 那古老的经验:和星际相通。
> 他们贫穷,褴褛,眼眶下陷,吸毒致醉,
> 在只有冷水的寓所,坐在鬼蜮般的黑暗中,
> 吸毒,飘过城市的上空,默想着爵士节奏。
> 在城市空中铁轨之下,他向苍天申诉;
> 看见回教的大使在发光的屋顶上蹒跚。
> 他们眼神冷峻发光,穿过高等学府,
> 在学者们的论战中看到阿肯色斯和布莱克式的悲剧;
> 他们被逐出学府,因为疯狂和在骷髅窗口发表猥亵的颂歌。[1]

---

[1] 裘小龙,徐如麒,陆灏.外国诗人成名作选[M].上海:上海文化出版社,1987:113-114.

这是他的长诗《嚎叫》中的片段,试着把诗句分解再组合起来。用你自己的方式就好,不必追求完美的效果,但是要有记录,这样才可以在以后的时间里重新看待你现在的阶段。这一点很重要,记录你现在的诗句和尝试。年轻的诗人习惯在电子产品上写诗歌。电子产品带来的影响这里先不讨论,它有一个好处,就是可以大量地记录你的尝试。当你走在路上,写下一行,你很快就能把它记录在你的手机或者平板里。当然,你会发现很容易就写出一行长句。你没有必要绞尽脑汁去想怎么样找素材和灵感。当你阅读过足够多的作品,你会发现写长句好像变得简单多了。这就是阅读和分解的魅力。

这些简单的训练看起来很容易执行,但很少有人可以坚持下来。找到适合自己的训练方法,并形成习惯,坚持下去就会产生意想不到的效果。拆分你自己的长句,广泛阅读,加上不断地练习,你的诗句会展现出不一样的特质,你写下的词语也能够展示出你独特的生命。很多人都能写作,写长句并不是不可能的事情,只不过需要更多的刻意练习和坚持。拆分句子有时候就像玩文字游戏,通常疲惫的时候你会这样认为,但这样的"文字游戏"能帮助你进入更加深层次的学习。

四　如何开始你的长句

前面我们已经探讨了许多问题,现在到了实际操作的时候。只有你写出真正满意的长句,我们讲述的方法才是有效的。那么,如何开始你的长句?生活中所有事情都是活生生的,没有一个片段是死的,要写出吸引人目光的诗句,你自己就必须是引人注目的那一个。只有有趣的生活才会诞生有趣的诗歌。你必须引导你笔下的文字展现出鲜活的意象、节奏和气氛。但是你会发现,阅读比起写作来说是多么简单的事情。就像刚学徒的小徒弟一样,你不知道怎样排布你的句子,也不知道怎么使用节奏。你知道了长句需要长时间的专注、观察和记忆,但写作迅速在你手上变得困难起来。你无法抓住周围的一切,也许你望着窗外的小鸟和天空,根本不知道应该写下什么东西才是优秀的诗句。你好像发现自己的生活简直毫无乐趣,没有记录下来的需要。特别是,你还要把无聊的生活写成打动人心的诗歌,这简直是不可能完成的任务。

首先,从远处开始写会比写你自己的生活要好得多。把控日常生活,并把日常生活作为诗歌的一部分是需要很多努力才能做到的。作为初学者的你,如果觉得日常生活太难写,不妨从遥远的地方开始写起。我们前面说过,最好你笔下的东西是你真正感兴趣的。只有这样,你才会获得真正的情感和生命。

　　其次,你的生活中不只有诗歌,你还会阅读其他的文学作品,还会看电影,甚至在课堂上讨论。只要你觉得碰见了你感兴趣的、非常优秀的文本,请把它保存起来。当你写作毫无灵感,你可以把这些文本拿出来看一看。看一小段电影,阅读其他诗人的作品,或者看你家里的老照片,相信你会找到应该写什么的。你可以先从写他者开始,慢慢地再写你自己。想象一下,描写你从未到过的地方或者你从不知道的怪物,如一座荒无人烟的小岛、一只吃人的精灵。这些会让你的思考更加发散,你的兴趣不再只关注你身边的东西。只要有一个轻盈的开始,你就会收获一大段的文字。

　　最后,只需要关注你感兴趣的事情,保持敏锐,深呼吸,真诚地写下你的世界。当你多次寻找到这样的时刻,寂静、空灵将充满你整个的身体。

　　在写作的过程中,不要经常打量你写下的句子,更好的办法是先放置一周再看你的作品。经常更新你的句子当然是一件好事,但是不要在你写作的时候想太多的修改,你只要知道你在写就可以。只需要简单的开头,看看别人是怎么写的,再开始你自己的写作。不需要考虑最终的结果是怎样的,只要大胆地抓住你想写的事情,最后你会惊讶于你写出来的作品。

　　我们再来谈谈需要注意的点和不必担心的事情。先来说不必担心的事情。初期诗歌写作者往往会产生各种各样的焦虑,不知道自己的尝试是不是正确的。修辞和句法确实是很重要的,但不要忘记我们在前文谈到的:诗歌写作最重要的是鲜活的生命力。刚开始你的长句并不需要写得非常好,只要模仿就可以。不要急着创造好的作品,对于一个新手来说,模仿已经是很重要的成就。先把句子写长,再考虑其他的问题。勇敢地把你的长句作品交给老师或者同学,一起来讨论怎样会更好。写作者之间的交流对初学者来说是非常有帮助的。在这些交流当中,你会找到写诗的兴趣点。

　　写作也有一些需要注意的点。首先不要中断你的写作,尽量保持在一个延续的时间中完成你的目标。哪怕是很难进行下去的写作,你也要尽量去完成。

其次，如果尝试写几组长篇的作品，可以分解去做，不一定要在一天之内完成。有些诗人甚至把一首长诗写成了一本书。最后，保持你的热情，写下去就可以！

五 集中练习

下面开始做一些长句子的练习，拿起你手中的笔吧！你可以任意选择一项开始写作，也可以举一反三，用你自己更喜欢的题目。

练习1：句子分行/不分行

塞尔努达在他的诗集中说："我打算印一本书，一本不分行的诗，叫《奥克诺斯》。这本书是对我生命的一种救赎，总而言之的生命。"①

爱人②

八月的夜把黑色的海面与天空混为接续的广袤，略微泛灰的海岸线又将它们分离，仿佛创世前天地的原初。沿着沙滩，白色外衣下赤裸身体，我独自漫步，无视朋友们在海里畅游呼喊我追随他们。他们所有人的声音里，我分辨出新鲜而纯粹的那一个。

这段话你很快就会阅读完，但是你能看出它是怎样组成一段诗歌的吗？它涉及独特的感官和词语的经验。你可以找出你写过的类似的文本，对比一下。接着我们来看另一个例子。史蒂文斯的诗集《簧风琴》(*Harmonium*)中第一首诗《尘世轶事》(*Earthy Anecdote*)，描写的是两种动物之间的选择。

每当雄鹿们咔哒咔哒
越过俄克拉荷马州
一只火猫就在路上生气

---

① 塞尔努达.奥克诺斯[M].汪天艾,译.北京：人民文学出版社,2015：148.
② 塞尔努达.奥克诺斯[M].汪天艾,译.北京：人民文学出版社,2015：83.

无论去哪里

它们总是咔哒咔哒

直到它们

划出一条迅捷的弧线

转到右边

因为火猫

或者直到它们

划出一条迅捷的弧线

转到左边

因为火猫

雄鹿们咔哒咔哒

火猫不停地跳跃

跳到右边,跳到左边

并且

在路上生气

后来,火猫闭上明亮的眼睛

睡着了

  不同的分行会指向不同的意义。分行可以通过改变诗歌形式来改变读者的关注点和情绪,也能够在写作者本身不断的调整当中获得一种新的范例。我们再看比较常见的一个例子,很多人都关注过它:"我吃了/放在/冰箱里的/梅子/它们/大概是你/留着/早餐吃的/请原谅/它们太可口了/那么甜/又那么凉。"这是美国诗人威廉·卡洛斯·威廉斯的一首优秀短诗,题为"便条"。如果把这首诗歌里面的分行去掉,会变成什么样子呢?你可以跟同学一起讨论这个话题。

  分行绝对不是简单的回车键,许多伟大诗人的分行都有鲜明的特色。分行可以控制读者阅读这首诗时的速度,这样就会给读者带来不同的视觉、听觉和心理上的感受。你可以尝试把你的短句子,通过分行合并变成一个长句子,也可以先写下一个长句子,再把它分成你想要的长度。不管分行的结果是长句还是短句,只要你自己想这样分行,那就这样做!

练习2:写一行二十五个字以上的诗句

你可能没有尝试过写二十五个字以上的句子,甚至每次写下句子都会为字数发愁。但现在不用太紧张,你可以先写下几行短句,然后把它们按照刚才分行的感觉变成长句。多次做这样的尝试,你就可以写出一个长句了。

练习3:把你以前的短句作品转变为长句,重写它

事实上,在练习阶段,跟你的同伴一起讨论会帮助你顺利地写下一行诗句。我们来看一些练习作品,也许对你有帮助。试着观察其他人是怎么做到的,写出一行流畅的长句。

例1:

新雨来得总是不合时宜

刘理海

你身着长裙从地底下升起,像新长的嫩叶在空气中
发出声音,娇嫩得不忍触碰,生怕瞬间枯老

当你阅读刘理海的这两句诗歌时,你会发现前一句跟后一句有转折。事实上,你在短句写作中学到的技巧也可以尝试用在你的长句写作中。相比短句,你需要更多的耐心。当然,不可避免的是你会犹豫和犯错,这个时候你不需要自责,简单一点,把应该做的做好就可以。

例2:

阅读下面几段学生作品,也许你可以尝试把你自己的短句写长。看这些学生作品你就知道,完全不用担心你会写成什么样子,只需要开始即可。

（1）

白雪从山脊滑落像是星子凋零在海上

追逐蝴蝶的沈江小在山间啜饮清泉

他找不到一人陪他站在已死去的瀑布旁沉默三分钟

只有他在吊唁枯萎的苔藓披上白衣

只有他知道飞鹤在傍晚起舞又在白天躺回到石子铺成的图案里

只有他知道带有黑色花纹的蝴蝶将永不飞回

（2）

昨日的不规则的梦长满了锯齿般的牙齿

杂耍人在广场的高台上喷出白色焰火

他的脸爬满了悲伤的植物比如一颗未开的棉花轻闭着双眼

歌女的歌声闪烁着触碰礁石蓝色的即将熄灭的傍晚淹没浪花

浅紫色的花朵躲藏在群山背后她倚靠在巨石的肩膀上面

轻轻地安眠我如何知道你呢海上的幽灵

只有在你的尖尖的耳朵旁边告诉你

我向往你船上的桅杆在风中保持轻微的颤抖的痕迹

直达桃花源的底部走完山间最深的洞穴

石头森林滴着乳汁幽暗的风穿过她衣裙上的花丛

三颗星星你看着我我看着你快速地跑过夜空

我的眼睛快要抓不住它们的尾巴

阅读这两段诗歌，你可以看到词语跟词语之间很密集，没有标点。仔细观察这样的句子，也许你可以看见这里面连贯的"气"，也就是词语的呼吸。尝试着写诗句的时候不要考虑标点，保持高度的专注，写下眼前的一行。最重要的不是你要准备多久才能开始写长句，而是你开始训练，然后修改。初学诗歌的写作者很有可能担心自己写得不够好，语言不够漂亮，但实际上你只需要专注于眼前的练习，打开你的感官，去捕捉属于你自己的独一无二的经验。真实的情感存在于每个人的身上，几乎可以称作人的本能，但这些情感和经验往往被

第七章 初期诗歌写作者的长句训练

现实中的规则遮蔽了,导致我们还没学会使用自己真正的情感就被现实"欺骗"。英国诗人特德·休斯说:"人首要的活动就是通过努力,占有自身的经验,也就是说,重新获得真正的自我。人们发明了宗教,帮助别人获得。但为了帮助自己,他们发明了艺术——音乐、绘画、舞蹈、雕塑,而涵盖所有这些艺术的活动,是诗。"[1]人自身的经验是珍贵的,当你写下的词语能够表达出你自己,那就是真正的诗行。

(3)
昨日的不规则的梦长满了锯齿般的牙齿
杂耍人在广场的高台上喷出白色焰火
他的脸爬满了悲伤的植物

比如一颗未开的棉花轻闭着双眼
歌女的歌声闪烁着触碰礁石
蓝色的即将熄灭的傍晚淹没浪花

浅紫色的花朵躲藏在群山背后
她倚靠在巨石的肩膀上面
轻轻地安眠,海上的幽灵
只有在你的尖尖的耳朵旁边告诉你

我向往你船上的桅杆
在风中保持轻微的颤抖的痕迹
直达桃花源的底部走完山间最深的洞穴

石头森林滴着乳汁
幽暗的风穿过她衣裙上的花丛
三颗星星你看着我我看着你快速地跑过夜空

---

[1] 休斯.诗的锻造:休斯写作教学手册[M].杨铁军,译.南宁:广西人民出版社,2019:188.

我的眼睛快要抓不住它们的尾巴

第(2)段和第(3)段几乎没有什么区别,只是第(3)段是分行之后的作品。相比于堆叠在一起的第(2)段,第(3)段显得清楚多了,阅读的难度也就降低很多。你不用担心你的作品是否能够分行然后再组成长句,你只需要按照自己的直觉写下长句,然后再为你的诗句修改。你可以相隔一个礼拜或者一个月去看它,这样也许会有不一样的效果。当然,你不需要每一次都是大修改,你可以只做一些小调整。

练习4:阅读一些诗人的长句,尝试跟同学讨论

纳博科夫说:"我以为,需要在读者作者双方心灵之间形成一种艺术上的和谐平衡关系。我们要学得超脱一些,并以此为乐才好,同时又要善于享受——尽情享受,无妨声泪俱下,感情激越地享受伟大作品的真谛所在……聪明的读者在欣赏一部天才之作的时候,为了充分领略其中的艺术魅力,不只是用心灵,也不全是脑筋,而是用脊椎骨去读的。"[1]阅读对我们的感官、经验都会有很大影响。你在优秀的作品中沉浸久了,自然而然学会了该如何让你的读者也体会到诗学的情感和科学的精微。当然,保持兴趣依然是重要的,当你感到枯燥时,也许你可以放开一会儿看点别的。

下面来看一些诗人的长句。写下你的感受,并把它们保存起来,当你写长句的时候可以拿出来看看。1984年11月,金斯堡随美国作家代表团来中国,其间,他写了一些关于中国的诗,其中最有名的是他的组诗《读白居易》。

读白居易(节选)[2]
我是中国这陌生国度的旅客
我拜访过许多城市
现在我回到了上海,这几天
都在房间里待着盖着一条通电后就能发热的毯子——

---

[1] 纳博科夫.文学讲稿[M].申慧辉,等译.北京:生活·读书·新知三联书店,1991:23-26.
[2] 金斯堡.金斯堡诗全集:全3册[M].惠明,译.北京:人民文学出版社,2017:84.

这个国家里的稀有商品——
数亿人还在北方瑟瑟发抖
学生们在拂晓起床,围着足球场跑步
为了取暖,工人在黑暗中唱着歌
而我正在熬夜,咳嗽因为烟抽得太多
我翻身躺在床的右边
把那沉重的棉被拉到鼻子上,回到梦中
去拜访我亡故的双亲和不朽的友人。晚饭送上来了
我不能出门去参加宴会,这周
我想待在我的房间里,等着我的咳嗽康复

在讨论的时候,你可以尽可能地提出你的疑问,一起跟同伴讨论长句的秘密。人与人之间的交流会碰撞出一些新的东西,你有可能会写出你的诗句。当你写出具有独特性的诗句时,也许你就找到了表达的极限,也就是真实的经验。

海豚王子(节选)

曾纪虎

他在低声地讲解人身体的喜剧性
根本不知是什么意思过一会她们
就丢了水靠近挨在一起都有用的
被高光灯影射成亮金色两个姑娘
的嘴走过一辆静止的现代报亭边
的弯路据说气温只有零下三度他
忽然住手高声笑着说着什么摆动
香樟树的错落气息
鸟鸣汽车隧道错觉凹凸不平的树
海豚王子睡了证婚人感动了现场

这是一首比较长的诗歌,这里只选取了一小部分。这些句子并不是很长,

但是很有规律,排布非常整齐。你阅读的时候就会知道这就是长句的感觉,跟阅读短句作品不一样。这个作品有很多章节,如果你感兴趣,可以从网络上找到很多这样的诗句。不必担心你现在的句子不够完整和没有新意。先保持专注写下你感受到的东西,然后再随意地分行,调整到你喜欢的样子。任意的练习都是有作用的,也许你现在不知道这有什么作用,但是长句写作能帮助你打磨感官,锻炼你的气息。找到你自己喜欢的练习方式并把它作为习惯延续下去,相信你一定会感受到诗歌的奇妙。

练习 5:朗读你的长句,删减掉一些累赘

我们前面介绍过金斯堡的诗歌,要知道这位诗人的朗诵也很震撼。朗诵诗歌是诗人检验文本的一种手段,这可以帮助作者更好地理解到底是怎么一回事。一首诗的感觉应该是多感官的,同样也传递给读者。写长句的时候不需要太多考量修辞,但当你已经完成一首诗的时候,不妨重新修改一下你的诗歌。有些重复的字眼或者有歧义的地方需要你来稍微修改一下。没有一个真正的诗人会告诉你,他们不修改自己的诗歌。事实上,优秀的文本都是在不断的修改中成形的。

六 结 语

要知道,一切的练习都是为了你和你的诗歌。没有什么东西比你成为更有趣的人重要。在学校的时候,你跟很多老师和同学在一起,你们讨论课堂作业和分数。但你有可能找不到人跟你谈论诗歌,这就是一些诗歌教材的意义。诗歌教材给你提供了一种可能性,你也许可以依靠这些教材,完成写作上的更新。而长句写作提供给初学者的是专注力、感官的敏锐和绵长的气息。一首好的诗歌往往能够做到悄无声息,这需要多面的努力才能达到。这些锻炼你的练习最终会在你的写作中表现出来。

在当代社会,诗歌写作是艰难的、孤独的,长句写作更像是一段获取答案的过程,通过笔下的长句认识诗歌。学会写长句能够带给初期诗歌写作者不一样的写作经验。通过练习走向诗学的空间,这是初学者的道路。语言是工具,需要后天不间断的学习才能保持现有状态。但这些往往被忽视了,有的人认为不需要学习也能写出很好的诗歌。这跟我们缺少诗歌写作教学有关。在长句的练习过程中,初期诗歌写作者往往会觉得这是很难完成的任务。对于一个习惯写短句的写作者来说,要改变句子的长短、风格,甚至节奏和气息,是非常难的。任何动作都需要练习,写诗也是一样的,开始写,然后进行大量的练习,再加上阅读,总会形成自己的特质。

  写诗有无数种办法,长句练习只不过是其中一种。真正的道路还是需要初学者缓慢而坚定地走下去,只有这样才有可能突破。

第八章　初期诗歌写作者的分行分节训练

　　如果要一位初学者说出诗歌和其他文体的界限,他可能会想到诗歌的分行。可以说,一首诗歌的分行次数可能要比一篇小说还多。相比于小说和散文,诗歌更像是散落一地的星星,需要读者组装。一首诗的诞生需要写作者找到办法,将群星变为星座。作为初期诗歌写作者,很容易碰见分行的问题。首先,你开始写下一行或一段,意味着你要考虑分行了。其次,在写作的过程中,你也会面临分行。最后,在诗歌完成之后,你还要调整分行分节。也就是说,诗歌的分行分节几乎贯穿整个诗歌写作活动。分行分节是每一位诗人都会遇到的问题,这也是初期诗歌写作者遇见的基础性问题。如果初学者能够让自己对分行分节的步骤越来越敏锐,那么分行分节就不再是困难的,而是打开诗歌枷锁的钥匙。大量的诗歌训练不过是为了让诗人能够抓住流去的历史,寻找到一种殊异。这不是一种神秘事件,一个人在一座高山上接受了谁的传承然后成为诗人。实际上,开始写诗要比你想象当中的容易得多。分行分节并不是约束你表达的枷锁,形式之美永远在召唤我们认识未知的领域。事实上,表达不分诗性与非诗性。表达是每个人都在重复做的事情,这就是某种天赋。分行分节的技艺同样是可以训练的,与他人的分享交流同样会促进你的进步。那么,诗人怎样才知道诗歌中的某个地方需要分行分节呢?又是怎样在修改阶段调整诗句的分行分节呢?这个环节不容易说清楚,但让我们大胆设想一下,开始探索这些问题的答案吧!

一　从小说和散文的自然段说起

　　也许你在尝试写诗之前,写过散文或小说。回忆一下你写散文或者小说的时候,对你写诗可能会有帮助。散文的段落分行表明一种想法结束了,另一种想法开始。这种划分很少被人注意,往往是写作者说完了一种意思就自然地分出一个段落。小说的段落分行可能意味着作者需要进入到下一个情节。看起来,不需要在小说和散文的分行上讨论什么。但是要知道,小说和散文也不是作者一次成形的作品,作者会不断地修改直到自己满意。那么,当一位作者认为这里的分行分节需要修改时,最有可能是什么原因呢?逻辑不符,还是氛围不对?或者这一段是多余的段落?这些都是很有可能出现的情况。现在回到我们的主题——诗歌的分行分节。诗歌的每一行都代表着一个小停顿,这种小停顿就像是舞蹈的一小部分。因此,诗人需要决定在句子的哪一个地方分行分节。虽然我们一直讨论的诗歌都是广泛意义上的自由体诗,但格律诗也会面临这个问题。自由体诗必须处理诗歌的分行分节,这涉及诗歌的停顿与节奏。也就是说,需要作者自己选择诗行的开始与结束。这是诗歌创造性的一部分:诗人自由地或者不自由地选择分行分节,天赋和练习会帮助你找到词语的停顿在哪里。每一首诗都有最恰当的分行,而分行就像是诗歌在模仿音乐,多种音符汇入到同一条小溪。这个时候就需要写作者将复杂的诗行变成一支强有力的木桨,划入诗歌的世界。尽管有着相同的分行,但没有两首诗歌是完全相似的。

回想一下你创作散文和小说的情景。你在电脑上或者纸张上写作,根据纸张的宽度进行创作,想写多长就写多长,直到完全表达出你想要表达的意思再分行。而诗歌是分行创作的,无须留意纸张的宽度,尤其是右边的宽度。这使得散文和小说的创作跟诗歌不一样,诗歌更加需要谨慎地分行。

当你找到了诗歌最基本的材料就需要考虑如何把它们组装起来。往往在初学诗歌写作的人眼中,分行分节是最不重要的事情,他们更为关注的是词语是否漂亮,思想性是不是足够深刻,是不是表达出他们想要表达的东西。但诗歌是一个可靠的整体,不是零散的螺丝。你不能随意地更改分行分节,哪怕这首诗还在调整阶段。实际上,当你开始练习诗歌,你就会发现诗歌的分行分节多么重要!一方面,你已经有一定量的诗歌练习;另一方面,你却发现自己的分行分节似乎变得比初学的时候更加随意。太过于随意的分行,会让你的诗歌变得不可靠。一首优秀的诗歌像一段伟大的音乐或者一段旅程,它会有一个闭环,能够形成完美的诗行。

初期诗歌写作者很有可能会认为诗歌语言是自然的、随意的,是受诗人的情绪驱使的,但诗歌这种语言同样是被构思、压缩的。几乎没有诗人可以复述出他诗歌当中的分行分节是怎样开始又怎样结束的。为什么要在诗歌的这里放个逗号,那里为什么需要一个破折号,这些都是不能被准确解释的。这可能是因为诗人与诗人之间不同,分行分节自然也不同。还有一种可能性是,自由体诗刚产生不久,没有确定的创作规则。不管讨论自由体诗的什么东西,都会像讨论一座淹没在海里的冰川。你永远不会知道,这座冰川是全部露出,还是只露出了千分之一。因此,初期诗歌写作者需要了解基本的知识,不能把诗句变成随意安排的词语。诗歌的分行分节有无数种方式解决,但是你需要找到你自己的答案。每位诗人都有自己的习惯,有的诗人爱用破折号分行,有的诗人喜欢不规则的分行。作为一个初期诗歌写作者,你要先找到诗歌的节奏和语调,才能在诗歌中做出更好的分行选择。不恰当的分行分节会让诗歌变得停滞,阻断流畅的词语。诗歌中的分行分节会带来不同的效果,初学者更加需要谨慎选择。

二 作为基本功的诗艺

分行分节的技艺是为了一首诗歌的整体效果,形成语感和节奏。成熟的诗人大都认同写作需要基本功。就像音乐、雕塑和绘画一样,诗歌同样是一门需要扎实的基本功的艺术。诗歌教材的编写基于这样一种判断——诗歌是可以被创造出来的文本。但同时,诗歌又是神秘的,没有哪一种文体比诗歌更具有神秘感。诗人的创作仿佛是不可知的,也不是能够模仿出来的。虽然有大量的因素我们无法判断,但仍然有大量的知识需要初期诗歌写作者通过学习去掌握。这些诗学的基础知识就被称为基本功,通常包括诗歌领域的历史以及现在流行的技巧。分行分节就是诗歌基本功的一项。初期诗歌写作者需要掌握这项技艺,来创作出更好的诗歌。同样,诗歌写作也需要循序渐进,需要打好基础才能更快地进入成熟的状态。诗歌虽然跟写作者的情感有关系,但更加需要注意的是基本的技艺。灵感之类也许能够帮助你快速找到动力,但技术的成熟才会让你的诗歌有机会变化。模仿和练习始终是不能缺少的东西。一位诗人对于基本功和技巧的关注会持续很久,并会在成熟阶段形成自己的习惯。初期诗歌写作者企图通过技巧窥探诗歌的秘密,但技巧的获得同样需要练习。

诗人在写出一首诗之前,大概知道最终呈现出来的状态是什么样子的,当他完成最终成品的时候会做最后的调整。在这两次审视当中,都会不可避免地涉及分行分节的问题。因此,分行分节具有非常大的差异性。成熟的诗人会了解更多分行的技巧,然后在写作中不断地尝试适合自己的方法。分行已经成为当代诗歌的特征,但也有的诗歌选择不分行。作为初期诗歌写作者需要打好诗歌的基本功,更好地使用技艺创作自己的诗歌。现代诗的写作比古诗要容易得多,不需要掌握基本的格律知识就能开始写作。现代诗歌跟我们的日常语言非常相似,有的时候简直无法分辨出哪些是诗歌语言,哪些是日常语言。古诗有格式的要求,没有基本的知识不可能创作诗歌。随着社会的发展,特别是网络的快速发展,诗歌的创作和保存变得非常简单。相对于古诗,现代诗的历史过于短暂,没有形成太多的格式要求,更加灵活多变。但是,这并不意味着现代诗的句子可以随便替换和改变。初期诗歌写作者需要习得诗歌写作的基本功,才能稳定地创作出诗歌。

分行分节作为诗歌基本功的一部分,你需要了解分行分节的种类、方式和引起的效果。了解这些并不会让你的写作变得更加僵硬,反而可能会出现新的变化。对于一位初期诗歌写作者来说,没有人强制你怎样分行,也没有人强制你押韵或者其他。分行分节的训练确实重要,但没有人会说你这样分行就不可以。比起形式感,更重要的是习得形式的技艺。只要开始创作新诗,就会知道分行分节不是简单就能完成。

当写作者想要改变分行分节的方式的时候,起步总是困难的。实际上,学习分行分节需要模仿和创新。要完成一首优秀的或者有变化的诗歌需要大量的练习。初学者需要的是入门,即能够进入诗学的空间。也就是说,分行分节作为基本功是应该掌握的技艺。打开一本你喜欢的诗集,你就会发现其中的分行隐藏在文本之下。找到你喜欢的大诗人,阅读他们的诗集,尝试着观察这样的分行分节方式给文本带来了什么东西。当然,大部分诗集的诗歌是非常整齐的,但也能看到不同的分行分节方式。任何一首诗都会存在分行分节的问题,只是有些诗人把它当作问题去解决,有些诗人认为分行不需要刻意学习。我们在前面的章节谈论过的长句,也需要面对这个问题。你也许会疑问,长句不是一直写下去就可以吗?似乎不用分行就可以结束诗歌。但是仔细想一想,选择什么地方开头和结尾不也是跟分行分节有关吗?而短诗因为有更多的分行分节,所以需要处理更多的问题。在诗歌的修改阶段,你可以把你写的短诗取消全部的分行,直到整首诗歌的词语、主题等已经修改完成,然后再次分行。

三　相信谁的判断

重新找出你以前的诗歌练习,你会发现很多有趣的事情。最好是一个月或者更久以前的作品,在前面的章节我们提到过,若是你保存了多个版本的诗歌,那它们现在就有用处了。

不妨在本节开始之前来谈论一下,谁会是你诗歌的好友。写诗的过程总是孤独的,诗人比其他人更需要孤独的环境。那么,你会跟谁讨论你的诗歌呢?你也许会一个人欣赏或者拿到写作班上朗读,但你跟其他人交流之后,会改变你的诗歌吗?怎样才能知道别人是不是在跟你谈论同一个东西呢?这就是我们要谈论的问题。

现在通信技术发达,你很容易跟世界各地的诗歌写作者联系起来,也许你们会交流各自写的诗歌。但当别人对你的诗歌提出修改意见的时候,你会立刻修改吗?我想是不会的,很明显,人人都会对自己的创作保持谨慎。所以,当你的同学或者老师向你提出分行分节问题的时候,你会做出什么样的反应呢?也许你当时会表示同意,但当你回到自己的房间,你会做出什么样的判断是不可知的。这就是说诗歌的修改是一个漫长的过程,很有可能你不知道应该相信谁的判断。就单独的一首诗来说,谁能说你的分行是错误的?就整体的诗歌而言,你也许会质疑其他人的分行想法。

首先,你要知道分行分节是非常个人化的选择,如果你实在不想让其他人知道你的修改,你只要把自己的诗歌存放起来就好。一部分诗人主张诗歌需要反复修改,也有部分诗人主张诗歌不需要太多修改,所以不需要急着把自己的诗歌拿出去分享。特别是当你认为自己的诗歌还不完美的时候,你往往对它没有太多自信,所以分享诗歌这件事情可以暂时不做。当你完全认可这首诗歌的时候,再拿出去分享也不会有问题。过于自信或者过于自卑都对你不利,多尝试才会让你了解诗歌。其次,诗歌的形式固然重要,但也有比形式更加重要的东西,比如想象力、对形式的判断等。所以,保持对形式的了解有助于你更新自己的诗歌。你可以发现现代诗大部分有整齐的分行,但这并不意味着你不能做参差的分行。事实上,初学者往往需要了解更多的形式并加以训练。如果一位初学者能够很好地掌握不同的分行分节形式,那么他对诗歌的体会也会越多。最后,在诗歌的分行分节这件事情上,你要相信自己的判断,然后仔细考虑别人的建议。多次尝试过,你才能更好地体会诗歌的语调和节奏。

  说到底,诗歌写作是孤独的。分行分节的处理会激发你的想象力以及对诗歌的敏感度。经过形式的练习,初学者会从诗歌里面感受更多。一位优秀的诗人总是能够把分行做得很好,用分行扩大自己的想象空间。这是分行的魅力,也是诗歌的魔法。诗歌分行的形式是诗歌的特征,也是诗人们需要保有的判断力。初学者经过学习之后,要能够有鹰一样的眼睛,判断出每一行的停顿是不是合适的。

  初期诗歌写作者也许还没有意识到诗歌分行分节的力量,但从我们的讲述中能够窥探到一些。同样,分行也有技巧。初学者要想做好分行,一个简单的办法就是模仿。找到你喜欢的诗人,至少阅读二十首他的诗歌,然后仔细观察他是怎样分行分节的。等你找到一些技巧就大胆地把你的想法运用在你自己的诗歌里吧。不用担心是否协调,要知道,有时候不协调会带来惊喜。当然这是在你其他的东西全部做得很好的情况下。还有一个解决办法就是直接采取最简单有力的分行分节方式,比如大多数诗人喜欢三行一节。很多短诗都会采取这样的方式分行分节,你可以思考一下为什么是三行。答案并不是那么重要,更为重要的是你开始对自己的分行分节有信心,这是最完美的开始。形式的学习是一回事,但能使用这种形式表达你的高见又是另外一回事。其他的东西都有可能会改变,但你写出来的诗歌是什么水平,成熟的诗人一眼就能看出。总之,最核心的就是你和你的诗歌。

  诗歌是一种古老的艺术,当你开始学习写诗,我们更希望你回到诗歌本身。不必去外部世界寻找诗歌,回到你的文本中来。因此,分行分节的判断固然重要,写作者的相信也是强有力的因素。每一首诗歌都是个人的声音,是个人的历史。学习分行,就像婴儿学东西一样,先是大胆地模仿,然后要在练习中巩固学会的技巧。诗人的灵感不是那么容易得来的,真正的创造离不开练习和模仿。

四　阅读、练习和尝试

要说明的是,诗歌不是"词语的游戏"。只要你开始学习写诗,就会有不同的声音告诉你应该怎么写。如果你对句子或者分行分节有疑惑,很容易在相关的诗歌教材上找到你应该做什么练习。当代诗人更加倾向于认为写诗需要大量的练习和节制的情感。当你发现你手底下的句子不听使唤,甚至比以前写得更糟糕,你会认为需要学习怎么写诗。是的,没错。没有任何一个人生下来就会写诗,但你要知道诗歌不是词语的游戏。诗歌不是这行诗句换到这里或者那里,或者替换一个更加凌厉的动词。诗歌具有超越字词的能力,拥有情感的力量。谨慎地选择诗歌练习,创作属于你自己的诗歌。

(1) 阅读
例1:行末标有段落符号的停顿
鹬
毕肖普

海的咆哮在他看来是理所应当,
时而伴着世界的摇晃。
他跑,跑向南,讲究,笨拙,
处于克制住的惊慌,布莱克的学生。
海滩胖子般气喘。他左边,一片
扰乱的大海来来还还,
给他脆弱的脚上了黑色釉彩。
他跑,迎面跑去,看着他的脚趾。
——其实是看着趾间的沙子
那里(太小没有细节)大西洋
迅速向后向深处流走。他奔跑时,
凝视着拖曳而去的沙粒。
世界是迷雾。而世界又是

微小的,浩大的,清晰的。潮汐
高高低低。他说不清。
他的喙很专注;一门心思,
找某些东西,某些东西,某些东西。
可怜的鸟,他着了迷!
亿万颗沙粒,黑色,白色,赭色,还有灰色
混合着玫瑰色和紫水晶色的石英颗粒。

Sandpiper

The roaring alongside he takes for granted,
and that every so often the world is bound to shake.
He runs, he runs to the south, finical, awkward,
in a state of controlled panic, a student of Blake.
The beach hisses like fat. On his left, a sheet
of interrupting water comes and goes
and glazes over his dark and brittle feet.
He runs, he runs straight through it, watching his toes.
—Watching, rather, the spaces of sand between them
where (no detail too small) the Atlantic drains
rapidly backwards and downwards. As he runs,
he stares at the dragging grains.
The world is a mist. And then the world is
minute and vast and clear. The tide
is higher or lower. He couldn't tell you which.
His beak is focused; he is preoccupied,
looking for something, something, something.
Poor bird, he is obsessed!
The millions of grains are black, white, tan, and gray
mixed with quartz grains, rose and amethyst.

这首诗的标点会吸引你的注意力,这里有逗号、句号和破折号,并且这首诗歌使用了行末停顿。你可以尝试把一个句子分为两行诗句。仔细看这些逗号或者句号给这首诗带来了什么,如果你的诗歌也这样分行会是什么样子。你也可以使用不同的标点符号进行句子中间的分行,包括逗号、句号、破折号甚至省略号。

例2:诗歌的分节

诗歌中由两行或多行构成的一个诗歌段落称为诗歌的"节"(stanza)。每一节的节奏、字数接近或者相同。在固定体诗歌当中,诗歌的节是固定不变的,如我国古代的绝句和西方的十四行诗。而在自由体诗当中,诗歌的节没有固定规则,大部分自由体诗歌的作者按照情感和节奏分节。"节"一般视为诗歌的小单位,多个小节组成了诗歌。一般来说,一首诗至少有两节,也有的诗歌只要一节。诗歌的"节"和分行一起规定了诗歌的形式。作为一个初期诗歌写作者,你知道诗歌不仅需要分行,还需要区分段落。前面毕肖普的诗歌只有一个段落,但在一些诗歌中分节是普遍的事情。所以,作为初期诗歌写作者,你需要了解更多的技巧。一首诗歌的段落显然是重要的,读者在阅读的时候会因为段落而停顿。写作者在构思阶段就会大概想出最后的成品。诗人在最后的休整阶段,会受到自身习惯的影响。有些诗人会选择不分段,有些诗人则会选择整齐的分段方式。

我们来看罗伯特·洛威尔的分行分节。有的时候,诗人会在诗歌中刻意强调分行,意在通过分行来把握诗歌的节奏。在下面这首诗中,有完整的标点符号,你可以看见逗号、句号和一些在诗中不常见的标点符号。仔细观察这首诗歌,先感受每一个字词,然后再仔细了解分行分节的模式,试着在下一次写作的时候,也运用上这些标点。

臭鼬时光
——为伊丽莎白·毕肖普而作
罗伯特·洛威尔

鹦鹉螺岛上的隐士

女继承人在简朴的屋子里度过冬天依然存活下来；
她的羊群依然在海边吃草。
她儿子是名主教。她的牧场主
是我们村子里第一位行政委员；
她已老态龙钟。

渴望着
那种维多利亚女王时代
等级森严的幽居，
她收买了对岸
所有不堪入目的地方，
让它们衰颓。

这季节病了——
我们失去了夏日的百万富翁，

他似乎从里昂比恩货目单上
跃开了。他那九节航速的双桅帆船
被拍卖给了捕龙虾的渔民。
一种红狐狸斑点布满蓝山。

而今我们仙人般的
装饰家为了秋日把店铺粉饰得鲜亮，
他的渔网上镶满橙黄的软木浮子，
橙黄的，还有鞋匠的凳子和锥子；
他劳作，却身无分文，
他不如去结婚。

一天黑夜，
我的都铎福特车攀爬在山的颠巅，

我望见几辆爱的车子。车灯熄灭,
躺在一起,车身紧挨车身,
仿佛坟场叠在城镇上面……
我的头脑有点异常。

一台车中收音机在怨诉着:
"爱,哦,轻率的爱……"我听到
我染病的魂灵在每个血细胞中啜泣,
就像我的手卡住了它的喉咙……
我自身便是座地狱;
此处空无一人——

只有臭鼬,在月光下
搜索着一口食物,
它们阔步行进在大街上:
白条纹,狂乱眼神中的鲜红火光
在三一教堂那白垩色、干燥的
圆柱尖塔下面。

我站在我们
后踏板顶部,吸入那浓烈的臭气——
一只母臭鼬带着一群幼崽在垃圾桶里大吃大喝。
它把楔形脑袋插入
一杯酸乳酪,垂下鸵鸟般的尾巴,
毫无畏惧。

例3:连续跨行

在英语诗歌里,经常会出现一个句子、短语或思想从上一行延续到下一行的情况,这种行间的"转移"被称为"连续跨行"。下面这首诗歌在第5行和第6行使用了连续跨行。在写作的过程当中,要是有一些句子还没结束,但一行已经有足够多的字了,不妨使用这种方法。这样的方法可以使你的诗行看起来更加整洁。最好是结束了一层意思就分行,但也有诗人故意造成断裂感。不用担心需要跟随谁分行的模板,只需要专注你自己的句子。发现诗歌中的分行方式,然后有意识地运用它。这就是为什么需要练习分行分节。

How do I love thee?

Elizabeth Barrett Browning

How do I love thee? Let me count the ways.
I love thee to the depth and breadth and height
My soul can reach, when feeling out of sight
For the ends of being and ideal grace.
I love thee to the level of every day's
Most quiet need, by sun and candle-light.
I love thee freely, as men strive for right.
I love thee purely, as they turn from praise.
I love thee with the passion put to use
In my old griefs, and with my childhood's faith.
I love thee with a love I seemed to lose
With my lost saints. I love thee with the breath,
Smiles, tears, of all my life; and, if God choose,
I shall but love thee better after death.

我是怎样地爱你

伊丽莎白·芭蕾特·布朗宁　译者:方平

我是怎样地爱你?让我逐一细算。
我爱你尽我的心灵所能及到的
深邃、宽广、和高度——正像我探求
玄冥中上帝的存在和深厚的神恩。

我爱你的程度,就像日光和烛焰下
那每天不用说得的需要。我不加思虑地
爱你,就像男子们为正义而斗争;
我纯洁地爱你,像他们在赞美前低头。
我爱你以我童年的信仰;我爱你
以满怀热情,就像往日满腔的辛酸;
我爱你,抵得上那似乎随着消失的圣者
而消逝的爱慕。我爱你以我终生的
呼吸,微笑和泪珠——假使是上帝的
意旨,那么,我死了我还要更加爱你!

例4:整齐与变化

  从视觉角度上看,分行分节都整齐的话诗歌就会显得更加有节奏感。还有一些有固定形式的诗歌,就是通过固定住诗歌的形式来掌控节奏。固定下来的形式能存在很久,但自由体诗的出现改变了诗歌的节奏方式。自由体诗人需要重新建造节奏。一首诗的最佳分行分节方式需要作者寻找,找到这样的分行分节也会使得作品更加完整。有的时候,写作者需要更新自己的表达方式。分行分节就是其中一种,练习分行分节有助于写作者获得一种秩序感。成熟的诗人在分行分节时的表现是稳定的,不会像初期诗歌写作者一样显得过于粗糙。正因如此,我们更推荐初期诗歌写作者先学会使用整齐的分行分节方式。但分行分节的整齐并不意味着只追求字数和节数大致一样,而是写作者要遵循语言弹性和节奏。初学者可能意识不到自己的分行分节方式发生了变化,长行和短行、整齐与参差,都有可能变化。

  我们来看写作者陈洪英是怎么处理分行分节的。仔细观察下面诗歌中由分行带来的停顿和转折,看看她是在何时选择分行的。整首诗歌一共四节,采用了4-5-5-5的分节方式。

圆形果子落了一地

陈洪英

昨天的音符
保持着它的甜润,不干涩
浣熊把路走完后,它不独自酣睡
还在绿叶和枯萎中来回游荡

苦楝树不苦
她在风的眼睑上跳着探戈
随后,看了一眼周围
人,忙碌如蚁
圆形果子落了一地

情绪的电流沿着人的神经烧下去
将人活活烧死
恐惧和不安
从海底温柔的骨骼
探出头来

学着从母亲的脂粉奁里
一根根的抽出,安静的脂粉
盖住
趁混乱从身体逃走的惊慌
早上,几朵花落在了地上

(2) 练习和尝试

了解分行分节的基本问题是为了让初期写作者也能开始自己的分行分节训练。练习和尝试是必需的。初学者很容易认为自由体诗是随意的,但是当你阅读过足够多的优秀诗篇,就知道一切的感觉都不是凭空而来的。要写出一首优秀的诗篇,必须在各个方面做出努力。

练习1:

尝试你以前没有用过的分行方式,把你的诗歌练习全部看一遍吧。或者把你写的诗歌拿出来进行改造,也许你会满意修改之后的形式。下面选的两首诗歌作为对照,你可以慢慢地感受每一节的停顿。

安静的兔子
刘理海

白蜡树收留了灵魂,它的声响从梦中拂过
避免惊醒所带来的孤独。相遇总是难以摆脱
日常的琐碎,坐在路边的人默默售卖回忆
生物的复杂性带来不必要的困扰,湖面反光

如果密集的鸭群布满夏天,少了蓝调的浪漫
交谈便无法展开,无法表述可能性带来的悸动
那么尝试新鲜方式,进入安静兔子的世界
在神奇的幻觉中再活一次,也未尝不可

归来,看荷
邓小川

山雾移动,流逝的远山带来
不可形状之物,中原
如呓语,昨日庙堂已人满
珍珠般照向未来

幽寂的临安
也并不给我带来安宁
言语与身体,被囚于幻象

昼夜翻转,我的骨骼在谎言中

失去。帝国之梦
并不存在于群山中的田园
并不存在于这自然万物
南溪桥畔,倦归的农人满脸荒芜

众人的修辞,构建起盛世图景
小池内,荷花始终有序开放
这娇艳之色,宛如京城旧梦
——涩塘,我只是一个赏荷的异乡人

我已是祖国的陌生人
在暮色中,失控的手指逃离现世
——我看尽,这满池风物
——我写下,他人的生活

练习2:

从以下例子中选一首诗作为参考,根据它的分行分节特点,写一首诗。

永恒

查尔斯·西密克　译者:王敖

一个被母亲举起来看游行的小孩
还有,那个在公园里朝周围的鸽子
扔面包屑的老人,他们
难道是同一个人?

可能知道答案的瞎女人
回忆起她看到一条船,像城里的一个街区那么大

在夜晚,灯火通明地驶过,他们的厨房窗户
驶向那黑暗,风雨飘摇的大西洋

圣露西节的夜祷

约翰·邓恩　译者:王敖

你们这些未来的爱侣,在来世里
也就是下一个春天里,研究我吧:
因为我是每一样死去的东西,
爱神曾在其中炮制,新的炼金术。
因为他的技艺甚至能从虚无中
从穷乏萧索、空虚贫弱中榨出原质
他把我毁灭,而我重生于缺失,黑暗
和死亡;种种无生命的东西。

五　结　语

在前面的讨论中,我们已经接触了分行分节的一些基本问题。从实际的操作层面来说,这些讨论的知识能给你一个思维发散的空间,要填补其中的空隙,还需要长久的努力和写作上的更新。诗歌的微妙之处在于,每一行都是思考和记忆的变化。几乎是不可避免的,初期诗歌写作者有太多的疑问。但没有人能够告诉你,怎样分行才是正确的。对于有的诗人来说,分行可能只是简单的回车键,但对于另一些诗人来说,分行可能是多次调整后的结果。也许你看过太多的技巧与忠告,它们指导你应该怎么做,但没有一种方式是绝对的。停顿、片刻的走神或者放下诗歌阅读,这些都可以成为你的放松方式。只要选择你自己觉得合适的方式,你就可以这么做。

刚开始写作的时候,不要太过于追求你写了什么优秀的作品。仅仅写出达到你自己满意的诗歌就需要很长时间的努力,而写出一首知名的诗歌需要更加漫长的时间。我们要寻找的是你个人化的实用的技巧,如果你不喜欢这种分行方式,那就换一个。每隔一段时间更新和反思一下:这是不是你想要的。最后,你想怎么分行就怎么分吧。诗歌最重要的不是形式,而是与形式共同生发出来的秩序感。初期诗歌写作者可以遵循形式,也可以改造形式,这完全取决于自己。

第九章　初期诗歌写作者的声音训练

洛厄尔在一次获奖演说中曾提过"诵读的诗"和"研习的诗"这对概念,可以简单地理解为诗歌的"外显"与"内构"。从诗歌的声音来看,"声"即一切物理现象产生的声波利用各种途径通过介质被人耳识别,是诗歌纯物理的一种表现形式;"音"由文本中的肌理构成,借由感知冥想而产生,它需要创作者在创作诗歌时对诗歌内部节奏进行精巧的划分与安排。本章将从"外声"与"内音"两个部分来对诗歌的声音进行解密,以便为初期诗歌写作者提供明晰的思索路线,开拓更科学的新诗创作路线。

一　诗歌之声

宋代郑樵认为"乐以诗为本,诗以声为用",其中的乐就是音,声是诗歌文本外关乎物理的声音。"诗三百篇,皆可诵可舞可弦"[1],郑樵对诗歌声音的研究在当时具有超时代性。随着白话文的传播与盛行,新诗传入,胡适《尝试集》出版,新诗如雨后春笋般发展起来。声音作为诗歌无法剥离的因素,不断在纵横中修正与发展。

从朗诵的角度来看,韵律的朗朗上口与舒适度是创作诗歌时主要考虑的,也就是文字朗读是否顺口与押韵。就诗歌本身的创作而言,朗诵不是最终目的。创作者在写作初期通常会对韵过于看重,几乎都受到 20 世纪二三十年代现代诗作的影响,如戴望舒的《雨巷》、徐志摩的《再别康桥》,还有受到诗歌狂热期海子的《面朝大海,春暖花开》、顾城的《一代人》这些诗歌的影响。在后现代的冲击之下,新诗逐渐推翻自我,寻求突破一切朗朗上口的格律,也就是说无论是主题还是音律,诗歌正在自我解体,向往自由之境。

---

[1] 郑樵.国风辨[M]//吴文治.宋诗话全编四.南京:凤凰出版社,2006:3465.

第九章 初期诗歌写作者的声音训练

初期诗歌写作者切忌被押韵彻底桎梏，更不可为求押韵而改变诗歌本身的体态。当然，我们不可否认诗歌的可诵性，能让诗歌在声中将写作者的情绪与态度呈现给读者，让读者在感官中体会到叶圣陶说的"我手写我心"。但是，朗诵之声作为一种外部因素绝不能成为创作者的依赖和法则，我们在运用乐律时需要提高警惕，警惕"文本的朗诵"，毕竟诗歌不是音乐和纯发音，仍要以文本为核心。

通过对戴望舒的《雨巷》和"90后"诗人郭国祥的《下雨》的比较，我们来看看诗歌的声律经过时代的发展和变化。《雨巷》中"长、娘、芳、徨、巷、怅、光、茫、郎、墙"都押"ang"韵，诵读起来更为顺耳，利于记忆、流传。我们再看同样以雨为主题，"90后"诗人郭国祥在诗歌创作中对韵律的处理。

地面流淌着血，黑色的笔墨渲染伤愁。
我幻想玻璃上的女人，陈述爱情，
扔下记忆里的诉求。

奶黄的包子在桌上受凉，
踩了夏天一脚，痛哭不已。
汽车轧过影像，破碎了心情，
摔坏的耳机还残留着耳朵的温度。

十月在旧相框里淡去，
一些零碎的片段，
慢慢拼凑成其他事件，
似乎，与你无关。

后门街的那条鱼，遗在胃里，
搅动夜晚的梦。打开的窗失去了影子，
只有一颗绿色的树，站着。
隐没的亭子，留下了一个流浪的男人。

单从韵脚来看，《下雨》这首诗并未依赖于某一韵脚进行写作，"愁、情、求、凉、已、情、度、去、段、件、关、里、子、着、人"这些字没有统一的韵作为纽带。《下雨》这首诗从朗诵的角度看虽然没有押韵，但是在长短句的节奏上让诵读变得更有情绪与味道，从中不难看出创作者郭国祥的种种忧郁与孤独。而最后一句"隐没的亭子，留下了一个流浪的男人"，朗诵之声戛然而止，达到一种柳暗花明的状态，向我们揭示出类似于流浪汉般迷惘踌躇的创作者内心的意蕴与情绪。虽然《下雨》与《雨巷》都是对看雨时所生发出的情感与幻想进行抒写，但是从韵律的处理角度可以看出新诗的发展不再单一地追求形式美和韵律美。

此外，诗歌和朗诵形成的互文是不可忽视的，我们没法使两种艺术彻底一刀两断。它们总是在默默地产生化合反应。初期诗歌写作者自然也不能脱离朗诵的影响，我们来看另一首与押韵无关的新诗《无题》。

找不到一侧姿势让雨在这个夜晚下得舒心
想到桂花香殒，脚踝便疼得厉害

一个心思让整个秋天胀痛，肾结石患者
排泄频繁，不适宜的台风摧毁梦的铺垫

此刻想到子美是多寂寥的场景，旧物什拾掇好了
也冷峻了些许，空荡荡的雨声一贯击打铁皮

临窗声响像藏在缝里的壁虎，敏感出现
回头灵活，摇尾迅速逃出五官的范围

又是一片青灰镜子幽幽反光，木床吱呀
一个转身，昔日头发冰凉地躺在地板上

这首诗是江西诗人刘理海早期创作的诗歌。他在处理诗歌尾韵时，并没有刻意去考虑押韵的问题，反而注重诗的外在气息。诗人在创作诗歌时内心会进行默读，斟酌下一句的长短和内容的表达，从而为诗歌划分适当的节奏。诗歌

总存在被朗诵的可能性,在《无题》中我们能看出诗歌之声无形的影响。"桂花香殒"中"殒"是上声,"疼得厉害"中"害"是去声,第一段的诗句虽然没有押韵,但是音节变化多样,乐律显得异常整洁。第二段再次说明自身疼痛的内外原因,"排泄频繁"和"梦的铺垫"作为同一个句子的后四个字,被安排得符合朗诵的节奏,在四字的对称中让诗句找到划分的乐感。第三段写失眠后从物理的疼痛到感受外部的孤寂,每一个短句都相互衔接,紧密排布。第四段写对惊雷的恐惧。"壁虎""出现""灵活""范围"这四个词都被安排在句尾,和第一段的四字对称安排格式一样,虽然没有统一的韵律,却在长短句中做精密的词语安排,仔细读来充满了音乐的节奏感。第五段又回到本身的凄苦之境。"木床吱呀",拟声词在诗歌的节奏中起到舒缓密度的作用,留给创作者更多的空间进行下一个动作。"一个转身,昔日头发冰凉地躺在地板上"这个结尾句中,"身"是平声,"上"是去声,这样的安排能将诗人的空寂和悲伤有序地宣泄出来。创作者对诗歌节奏的安排使我们在默读或朗读时有了明确的段落印象与情感积累。

当下的新诗更加注重唤醒词语的野性,野性不是乱写,而是给予诗歌更多的自由,不再以押韵为目标布置诗歌之声。这种发散的野性为诗歌创作带来更多的自由。由重声转向重画面与情绪和主题的显露,是新诗现代化发展更需开拓的领域,这个进程仍需要新生代诗歌创作者不断推进。总而言之,诗歌不应以朗诵发声为主要目标,而应以写作者所要表达的核心为蓝本不断衍生。

20世纪90年代至今,诗歌与音乐相结合,歌词与诗歌相互借鉴,诗歌之声作为一种表现艺术,受到音乐家的重视与推崇。文学家鲁迅在讨论诗歌和音乐的关系上曾指出,诗歌的唱脱离文本,诗歌需要唱出来,通过唱诗来让新诗被流传。2016年诺贝尔文学奖获得者鲍勃·迪伦,就是一名美国民谣歌手。由此可见,音乐与诗歌是互通的。在中国,更常见的诗歌融合有两种,一种是古诗词与中国音乐的结合,一种是新诗与民谣的结合。在此我们主要讨论后面这种诗歌。

从西方的诗歌发展来看,诗歌如唱段是用于人物表演的,而表演也必须有乐队这一要素。亚里士多德在《诗学》中讨论悲剧六要素时提到了言语和唱段,言语包括诗歌,唱段就是音乐。中国古代的《诗经》也因乐调的不同而分为风、雅、颂三类。由此看来,诗歌与音乐是不可分割的,但是创作者仍需冷静地看待这一狂热现象,正如鲍勃·迪伦所说,他是一个民谣歌手,他的歌词是诗歌,但更多的是为表演服务，音乐独立于文学之外。所以我们可以反推，诗歌也是独立于音乐之外，它只是与音乐交好，二者如老友般往来，鲍勃·迪伦的成功与他受《奥德赛》《白鲸》等文学作品的影响密不可分。诗歌与音乐可自由分合，但各自执掌着不同的艺术领域。鲍勃·迪伦获奖并非因为音乐，而是因为诗歌文本的可读性。我们选取鲍勃·迪伦的《致罗蒙娜》诗歌片段：

罗蒙娜，靠近些
静静地闭上你流泪的眼睛
你的悲哀的苦痛
在你的理智苏醒之际终将消逝
城市的花朵
尽管鲜艳如初，有时也静如屏息
那是无益的尝试
与死亡谋划相处
尽管我不能将此清晰解释。没有你的陪伴
也许
你也会寂寞
忧郁

诗与歌联姻的原型很可能是导致诗歌混淆的重要原因，这一原型表现为咏歌，但是作为歌曲，《致罗蒙娜》的音乐并未有多出众，作为文本的歌词却带给音乐更为惊艳的画面与富有张力的情感，鲍勃·迪伦运用音乐技法将这首诗中的无奈与忧郁表现得轻巧且沉重。不可否认，新诗由四方传入，关于死亡的话题冲破中国传统迷信，被摊开在桌面上。这种化丑为美的技艺，关乎死亡的意象，在波德莱尔的诗中是常见的。在这样新颖的诗句中，创作者应当用文本去寻找音乐，再从音乐中提取文本，在反复斟酌中找到适合表达核心的语词和句子。

同时，它的中文歌词通过转译抛弃了押韵，带给我们视听上别具一格的审美体验。鲍勃·迪伦的歌词自然地向我们展示诗歌和诗人最本真的模样，不刻意寻求韵律。麦克唐纳在对歌曲、口语、赞美诗做区分和讨论时发现英语格律学家会受音乐性格律理论的影响，总是注意歌谣式的韵文，却忽视了声与文本的差别。与之不同的是,鲍勃·迪伦的歌词完全将文本抽离出来,可以视为独立的诗,但是当下很多音乐歌词力求通俗和流传,就算将其歌词抽出来,仍然有浓烈的音乐气味。譬如我国著名音乐人周杰伦的歌曲《东风破》中的"一盏离愁,孤单伫立在窗口/我在门后,假装你人还没走/旧地如重游,月圆更寂寞/夜半清醒的烛火,不忍苛责我",其中"愁、口、后、走、游、火"都在强调音乐的韵律,单独抽出歌词,它不能作为新诗独立存在,它为音乐服务,假如没有了音乐,它的意境与情绪就会被消减。所以,写诗的人不能沉溺在音乐中,否则他只是作词人而非诗人,诗是有一定门槛的,它一定是经得起推敲和折腾的。

音乐将诗歌文本实体化,和朗诵一样,借由声,将诗歌的情感传递给观众。创作者本身是一个多元接受体,他们不断受到媒体与短视频的冲击,人的知识系统被破碎化,诗歌也在不断地破碎化,具有跳跃性和不可知性,所以它带给阅读者更多的挑战和障碍,但这也是诗歌最为迷人与野性的一面。由于破碎,我们无法再将散文诗和新诗对等,更难以忍受句句押韵、一成不变的格律,甚至厌恶为押韵而自造语词扭曲诗歌形态的行为。所以我们需要这种破碎,这也是后现代挑战传统的一条反逆之路。它所产生的美感有如带刺的花朵,它不再局限于夸赞与纯审美。

更多含混和复杂的乐律糅入其中,人碎片化的思想得以被蒙太奇般的诗歌技法表现出来,更贴近人本性的呼唤,也更注重人精神性的表达。我们不可忽视音乐对诗歌的影响,但是也不能将音乐作为诗歌的最终呈现方式,音乐只是诗歌流经的一片沃土,它终将流回人的精神。

初期创作者对待诗歌写作一般从效仿开始,最常见的是把广泛流传的朗读诗和音乐诗作为学习对象,这是最便捷也是风险极高的一种学习。因为初期创作者需要有一定的文学积累,要在不断的模仿中自塑风格,在风格成形之前他要冲破一切诗歌外部的束缚,不能让诗歌成为朗诵和音乐的附属品,如艾略特所言,诗永远面临"无止境的历险"。

从朗读和音乐来看,诗歌对声的要求并不严苛,声是一种形式,诗歌寄身于文本之中,最重要的还是其所涉猎的意象、情绪和主题。声作为一种形式,是诗歌成形后的一种表现,但是文学的内部循环导致它又能帮助诗歌写作者快速成长,培养写作者的审美和感知能力。此外,除了声的影响,视觉的辅助与灵感的修炼更是不可忽视的。

初期写作者如何把握好朗诵和音乐对写作影响的程度，又如何将所掌握的技巧运用到诗歌创作中去？这是一个不断发展的问题，需要根据写作者本人的知识储备和写作技能来讨论和处理。就此，在声音对诗歌创作产生普遍影响的基础上，为广大初期诗歌创作者提供几个对诗歌之声处理的建议。

第一，不用过多地注重诗歌押韵。这里并不是说要完全摒弃新诗的韵律，而是不必再"为赋新词强说愁"，让音律束缚诗歌创作。也不能过多地抨击诗歌的韵律，每个人对新诗的思考和审美是不同的，在不断变化的理解中，包容逐渐成为争议的储物所。初期诗歌写作者需要有追求自由创作诗歌的勇气。

第二，以声来多面发展诗歌和创作。朱光潜在《诗论》中认为"诗"与"歌"虽以能否吟唱为别，但他仍将"诗歌"二字作为复合物使用，赞同其彼此为互义，可见诗歌之声既能影响创作者，又能影响诗歌的审美。诗歌创作者创作前都会有意或无意地受到诗歌之声的影响，通过各种渠道，从音乐的旋律和朗诵的欣赏中获得创作灵感。此时的创作者获得文学熏陶，创作时会浮现出声音带给他的深刻的画面感。音乐韵律的舒缓，诗歌中文字的平仄起伏，也会让创作者在感悟中拥有自己的节奏，从而更好地创作诗歌。当诗歌完成之后，创作者还会检查诗歌字词是否符合他心目中诗歌之声的分布，诗歌意象的点缀是否与自身的情绪完满贴合，再将诗歌稍做微调和修改。当诗歌完成之后，便可以让诗歌以声的形式作为传播，朗诵或唱诗，而唱诗又属于二次创作，这就闯入了音乐领域，不再是诗歌和诗人的责任了。声音无论在创作前还是创作后都从不同的途径多元化影响着创作，更用不同的形式传播和多元发展着诗歌。

第三，诗歌创作者需要有发声的能力。创作者不仅要培养写作的文字能力，更需要有审美能力。无论是默读还是口读，创作者首先要成为自己的第一位读者。诗歌是由义字构成的，只要是义字，就可以被读。创作者对他人诗歌的口读或默读潜移默化中做着诗歌的训练，在对自己的诗歌进行声读时则可以做出修改和反省，所以创作者自身必须具备读诗的技能。

从以上三个建议来看，初期诗歌创作者应用开放长远的眼光去看待诗歌，不应对诗歌的韵律做出高姿态的踩踏或低姿态的捧杀。对诗歌的声音艺术要有所借鉴和传承，做到为诗歌服务，重心应该从形式转移到文本当中去。新批评派代表学者韦勒克·沃伦在《文学理论》中就专门对文学的声音因素做了总结，他认为"如果我们丢开语调，诗就不再是诗，而变成节奏性散文"，"声音和格律必须与意义一起作为艺术品整体中的因素来进行研究"。诗与声为互文,不能彻底独立,诗歌必然是能读之物,能读之物却不一定是诗歌,这也可见声音作为一种形式的广泛性。如何将声融入诗歌之中,这需要初期诗歌创作者在创作中不断思考总结。

二　诗歌之音

美国新批评派主张,只有合乎新批评话语的诗作,才能有机会被刊发和被朗读,由此,掀起了以诗歌内部逻辑为主的潮流,明晰和可解释性成为诗歌的内在特质。诗歌也从外部研究转入了内部研究。

诗歌和音乐虽各拥其域,但是诗歌的特质依旧存在于诗歌的体内,诗歌的音乐性成为诗歌内部的美学特征与性能。法国诗人魏尔伦认为"音乐先于一切"[1],这里的音乐不局限于诗歌外部的声音,而彰显着诗歌内部的节奏和呼吸。闻一多在研究诗歌时提出"三美原则",即诗歌具有建筑美、绘画美、音乐美。音乐美是创作者或多或少都会考虑的因素,特别是对诗歌有极致美学追求的创作者,会考虑到诗歌的各个美学方面,以此玩味,多以抒情诗为代表。而在叙事诗中,诗歌的内部节奏显得轻松很多,除了用断句来明确其为诗歌体裁,也消解了不少内在音乐性,变得更为客观理智。

此部分讨论的音乐美源于诗歌内在的节奏。声是诗歌外在的节奏,音是诗歌内在的节奏,诗歌的外在节奏无外乎上面所讨论的关于文字语言的发声,而诗歌的内在节奏指诗人在诗歌创作中依靠文字的编排和断句所流露出的关乎情绪轻重缓急的规律。中国古代诗歌在这方面体现为格律,并以此设立五言三顿、七言四顿、平仄等规则。现代诗则更为注重用诗歌的节奏来表达诗人的内部情绪,比如戴望舒的《雨巷》(节选):

在雨的哀曲里
消了她的颜色

---

[1] 吕进.中国现代诗学[M].重庆:重庆出版社,1991:208.

散了她的芬芳
消散了,甚至她的
太息般的眼光
丁香般的惆怅

戴望舒的抒情诗《雨巷》片段中,可以看出断句的节奏性:在某地,雨的哀曲里,消散了某物,消散了颜色芬芳和她的柔情与惆怅。戴望舒诗歌的断句与分行都是有序的呼吸,其中每一个"消散"都是往更深层的东西推进,直至关注和情绪也被消散了之后才彻底结束,留给读者哀婉凄清的乐调。在这种心绪与环境同时凄苦的氛围中,有秩序的节奏慢慢地流转着诗人忧郁、失落、怅惘的情感。

"90后"诗歌创作者陈洪英的诗歌《过往的城堡》用简洁跳跃性的文字将诗歌的节奏性放大:

抹不去,那晦暗的一页,
骄傲的姿态在纸上
被酝酿已久的大雨沾湿。

长街,
看不见
你的脚印,一只深陷。

缰索
穿起死亡与恐惧,
情感的珠子遗忘。

时间、死神的命令,
攻陷
过往筑成的堡垒。

从诗歌文本来看,《过往的城堡》每一句不带赘余,减少了阅读量的同时也带来了阅读障碍,但是每一个句子都像一个音符一样引领我们在诗歌之音中探索。整首诗将意象在破碎中组合,诗人试图营造出低沉的情感,传递给我们的情感也是破碎的。从"骄傲""遗忘""死亡"中我们能够获得诗人传递给我们跳脱圈子的勇气,这个圈子可以是荣誉与骄傲,也可以是青春年少。诗歌整体的构建不加修饰,却别有洞天,诗人恍若是个大提琴演奏家,让诗歌在手下发出暗哑低沉的音调,缓缓道来。诗歌在情绪上并未产生过多的起伏,诗人在尽力隐藏自己的情绪,整首诗显得隐忍和克制,就算在最后,"攻陷"也被她撇得一干二净。诗歌没有史诗级的画面感,但却增添了史诗般的严肃与静穆,更多的是规劝和警醒的意味。当深入到《过往的城堡》这首诗的乐律中去,我们会感觉越发惨淡,无法获得任何情感上的牵连,只能在节奏中感受诗人所带来的冷静和压力,这种淡漠的气质也因简约和有条不紊的节奏自成一派。正是在跳跃的节奏中,诗歌产生了像音乐一样紧张节制的腾跃感。

除了诗歌的节奏,诗歌之音在文本意义及情感上也有玄机。诗人创作诗歌的时候会有意地安排一个叙述者,这符合诗歌文本的真实性。诗人以情感写作的方式让我们去感受其中的情感真实性,这种诗歌属于"外向"的。它的"外向"不同于以韵为中心进行编排,而是近似于郭沫若的外放,但也绝非郭沫若般让情感火山迸发,而是随着文本意义的衍生,情感一路蜿蜒,汇入无尽的洪流。我们能很清晰地感受到诗中的情绪,但在感性的同时乘着文本的意义越走越远。也就是说,在创作中,诗歌之音有如一叶扁舟,航行线是诗人的情绪,舟下行过的水就是文本的意义,创作者是舵主。在诗歌内部的旋律中,我们能抓住诗人的情绪,也能体悟诗歌的意义。

对诗歌节奏的把握不仅要从断句思考诗歌,更要从诗歌文本的意义层衍生出属于诗歌此起彼伏的乐律,与节奏形成诗歌内部的规律。"90后"诗歌创作者李路平在他的诗歌《而今我无言》中,很好地向我们展现了意义兼情绪双线并行的创作方式。

而今我无言。枯萎的葡萄藤
在周身附着,叶片斑驳
兀自摇曳,逐渐变成黑色

心里的雾又开始下了起来
那些缓慢的,白色的
声音,路过窗外时
就像火光一样明晰
我听见你在远方笑我
不要惊愕,也不要问为什么
雪的烈焰将我灼伤
雪的灰烬把我淹没

  这首诗没有关于诗歌之声的韵律,反而从诗歌之音即诗歌的内部着手去展现诗歌的音乐美。诗人从交代最后低落的情绪开始,让读者去追溯无言的原因。每一分行都符合语法与情绪的变动,将在周身附着的枯萎的葡萄藤变成"枯萎的葡萄藤/在周身附着",使我们关注的不是"我",而是枯萎的葡萄藤,这里显示出来沉闷的乐调。而后再从令人抑郁的环境转向诗人的内心,再由观望雪花的凛冽与寒冷,到这种寒冷对"我"的影响,回到诗人自身孤寂失落的情绪中去,种种深埋在诗人内心的情绪像心电图和乐谱一样来回起伏,给予了诗歌均衡的呼吸,也将诗人此刻的隐忍和烦闷倾泻而出。诗人细腻多情的笔触将自己此刻的情绪层层推进,如《雨巷》结尾般的"消散","消散了,甚至她的/太息般的眼光/丁香般的惆怅"。但《而今我无言》这首诗的消散并非情感的消散,而是诗人的所有物都在消散,它在"淹没"时戛然而止,结局的构造符合中国传统悲剧美学,哀婉之乐如雪花纷落般汇入毁灭的刹那。诗歌的整体结构包含着诗歌气息的停顿与延续,诗歌之音是诗人给予诗歌意义的一种方式,诗人处理每一个细节,都会赋予诗歌不一样的意义。

  除了节奏和诗人的情绪能成为诗歌之音中的重要部分,诗歌文本中的动静画面也加入了诗歌音乐美的谱系。意象派诗人庞德的《在一个地铁车站》这首诗,虽然只有短短的两句话,字与字的节奏和诗人的情绪被庞德遮掩得十分隐蔽,但在这种由意象有序嵌成的诗句中,产生了别有深意的诗歌之音。

  最后一类诗歌之音,是从本质和客观出发的,那就是诗歌文本中所传递的知识。诗歌文本向我们传递的内容与情感,并非像散文诗般以抒情写景为主。诗歌讲求精练,精练中传递诗人想要我们知道的知识,这是最具有标识性的诗歌之音。诗歌中的知识由文本衍生出来,然后使人在文学接受活动中受到启发和顿悟。"90后"诗人向茗的《拟》提供给了我们大量的思考性知识:

> 我常独自坐在黑暗中,只有一扇窗户正对着
> 萤火虫般闪烁的灯光包围,此刻我所在的地方
> 瞬间扩大,我像一个孤独的舞者
> 踮起脚尖,来纪念我悲哀的一切
> 有关你留下的半截骨头,被安放在苏北的大地上
>
> 我草拟过那些间断的场景,水帘洞的喘息
> 饶舌的云龙湖,黄河与大运河拥捧的梧桐巷
> 到处是被粘住的脚步,我筛选出
> 那些保存完好的叶片,昆虫
> 用力地吃光我所有的沉默
> 我用隐喻的方式,找回话语权
> 它像肋骨一样,出自我的身体,出自我出生的地方
> 换回遏制在我皮肤上的界限
>
> 从赣江的浪尖之上,握住疼痛的号子
> 双脚并没有遗弃我,我用筋骨
> 连接以后我要躺倒睡去的地方

诗人以自我为起点,使第一段形成孤芳自赏的伤感氛围,第二段则用故乡的归属感来安抚亲历的矛盾,从苏北到赣地,远离故乡,诗人内心伤痛且从容,但她仍在寻找自救的法子,用自己的双脚,为自己找到最后的栖所。如果海德格尔是诗意地栖息在大地上,那么向茗则是在刀尖起舞,力求让自己骄傲优雅地栖息。在《拟》这首诗中,大量的知识需要思考和琢磨。其中地标性的理解和个人的私有化带给读者较强的阅读障碍,但是这种障碍会让诗歌的内部产生一种探索之音,是阅读者思维逻辑与知识积累的训练。它不会让初期的诗歌创作者陷入纯抒情和叙事中去,更多地体会到新诗的魔幻与个体性。

语言的符号性,符号的组合性,带来可供思考的知识。在向茗的诗歌创作中,目的不在于为诗歌之声做装饰,而是更多地关注文本、利用文本来传递人对故乡的思考,理智地分析对自我的认知。关于知识性的新诗创作企图从文本表现出的形式走向内在,"内向"是诗人与自我对话的标志。

　　以上我们从诗歌的内部节奏,即诗与情绪、画面、知识、情感几个方面讨论了诗歌之音,旨在让读者了解诗歌除了短小的形式与有节奏的韵律外,文本还要经得起打磨。因为诗歌之音,每一首诗歌才具有它不可复制的独特性,才能让人从诗歌中获得知识的体验与情感的感悟。这点,诗与歌不谋而合,作为文本的歌词总是要不断契合歌曲,作为诗来说,诗人的情感与表达的意义也需要有一首适合的诗歌来安放。难的不是写,难的是做到契合。"意在笔先者,定则也;趣在法外者,化机也。"作诗正如作画般,创作者需要不断寻找诗歌之音,不断探索自身的情与意,并用贴合的文辞将其表达出来。

　　施莱尔·马赫说:"语言有两个要素,音乐的和逻辑的;诗人应使用前者并迫使后者引出个体性的形象来。"①诗歌的声音即诗歌的文字被读出来的声,创作者是无法忽视和略过诗歌之声而进行创作的,只要是文字符号总能被读出来。创作者遵循着语言的规律进行创作,这是基础性知识。而关于诗歌平仄与韵律的规定被新诗中的"新"所破除,已经不再属于必需品,创作者可以自由选择词语搭配,为诗歌之音服务。当然,诗歌之声并非不重要,形式需与内容匹配。若形式大于内容,那诗歌便与歌词无异;若内容大于形式,那又会失去诗歌的味道。所以对诗歌之音的运用不断地考验着创作中的诗歌创作者们。当诗歌之声与诗歌之音相结合,"当我和听众之间互相接应;当他们真的与我同在、而缪斯也与我同在时,我就是和他们共同达至高潮的"②。

　　总之,初期诗歌写作者在进入诗歌创作前需要先成为一名阅读者。阅读中的默读和朗读都会帮助初期写作诗歌的创作者快速进入写作状态,让他们在短时间内掌握诗歌的节奏,从而使写出来的诗歌错落有致,具有诗的美感与形式。而需要长时间训练的则是对诗歌之音的掌握,合理编排意象位置和使用修辞手

---

① 克罗齐.作为表现的科学和一般语言学的美学的历史[M].王天清,译.北京:中国社会科学出版社,1984:162.
② 安妮·塞克斯顿(1971)//美国《巴黎评论》编辑部.巴黎评论·诗人访谈.明迪,等译.北京:人民文学出版社,2019:117.

法,让"外向"的情绪弥漫在词句中,"内向"的情感潜伏于诗歌下。诗歌的声音是一场组合运动,是平仄与情感表达的组合,是情绪与节奏的组合。我们没有办法将诗歌的声音概括成一个固定格律,它总在创作中不断变化,这是新诗的自由性导致的。在风格成熟之前,声音永远是不定式,创作者要找到自己的节奏与表现窗口。在风格成熟之后,声音又面临着突破的挑战。面对诗歌的声音,初期诗歌写作者和长期诗歌创作者都有一段很长的路要走。

第十章　初期诗歌写作者的修辞能力训练

何谓修辞？古人曾言："君子进德修业。忠信，所以进德也；修辞立其诚，所以居业也。"简单来说，可以理解为君子要增进美德、修其功业。忠诚信实是增进美德的基础，修饰文辞和言语用来使感情至诚，是修功业的根基。"修辞"是指"文辞"（文章所需要运用的语言）和"言辞"（口语上的表达）。随着文化的发展和开拓，修辞的运用领域逐渐扩大，修辞不仅是指语言和语音修饰，而且包括语境、语序、语句、语体等整个风格的修饰。在文本的写作与阅读中，我们常把诗歌的表达和修饰作为诗歌整体的构架，将它作为承载人类情感的容器。而修辞也是人类的一种媒介符号传播行为，是人类根据具体的语境，有意识、有目的地构建话语和理解话语以及其他文本，以取得理想传播效果的一种行为[1]。对初期诗歌写作者而言，诗歌语言修辞是一片等待开发的广阔富饶的土地。了解和把握修辞在诗歌文本中的运用，是前期诗歌训练中不可或缺的一门课程。本章我们从隐喻与意象、通感与其他修辞这两个部分细论诗歌中的修辞，方便写作者对诗歌修辞展开观察与写作。

一　隐喻与意象

莱考夫（C. Lakoff）和约翰逊（M. Johnson）在其《我们赖以生存的隐喻》（*Metaphors We Live by*）中将隐喻定义为："隐喻的实质就是通过另一类事物来理解和经历某一类事物。"也就是说，隐喻是人对世界的另一种认知与理解，写作者需要通过诗歌这门艺术将其过程表现出来。隐喻作为诗歌修辞的一部分，是诗歌必不可少的一个要素。隐喻的运用，使诗歌有别于日常语言，它在诗歌所具有的形象生动特性之外，还赋予了诗歌更多的创造性。

---

[1] 陈汝东. 修辞学教程[M]. 2版. 北京：北京大学出版社，2014：7.

隐喻和明喻都属于比喻的修辞系统。新诗在发展中继承了中国诗词文化的婉约含蓄,隐喻比明喻更受诗人和读者的喜爱,这种风向也使隐喻成为诗歌修辞的标配。诗歌的隐喻式语言突出表现在诗歌意象上,诗歌的意象因为隐喻的修辞生发出多种含义,以至于诗歌又拥有了含混性这一特征。诗歌的隐喻用简洁的语言告别了日常语言的明晰,让诗歌语言与日常语言形成区分。同样,意象的隐喻化也使自身产生陌生效果。陌生化就是打破陈旧,新瓶装旧酒。在诗歌中设置"惊喜",正是诗人进行诗歌创作的一大任务,更是诗歌修辞需要达成的目标之一。所以"到现代充满着陌生性与张力的'隐喻',是汉语诗歌修辞所发生的一个根本性的转折"[①]这句话,正是新诗在新时代的自我突破。诗人对意象做出隐喻的处理,也是同陈腐与惯性思维做斗争的操作,使诗歌别具特色,语言更有咀嚼张力。总之,隐喻在诗歌内的使用,比其他修辞更具创造意义。本部分我们着重从代表性修辞——隐喻进行讨论,拓展诗歌意象相关知识,探讨诗歌魅力与技法。

何谓隐喻? 如何选取意象进行隐喻的实践? 英国诗论家克利夫·史戴普·路易斯(1898—1963)说:"隐喻是诗歌的生命原则,是诗人的主要文本和荣耀。"诗人运用隐喻的修辞使心灵意象化,或意象心灵化,两者相互转换,融会贯通。诗人用意象的变化完成隐喻修辞,创作出优秀诗歌的手法,是值得我们借鉴学习的。

诗人顾城于1980年在《星星诗刊》第三期发表了诗歌《一代人》,在"黑夜给了我黑色的眼睛,我却用它寻找光明"中,"黑夜""黑色的眼睛""光明"这三个意象都极富隐喻性。在那个时代,顾城诗中的"黑夜"是指混乱的社会,"黑色的眼睛"则是指被欺骗了的蒙昧的人民群众,"光明"则是指人所拥有的揭露黑暗的勇气与不屈的意志。这三个隐喻从顾城所在的时代来看,是用来影射社会动荡,人民觉醒抗争。若不了解顾城写诗的原因,那么会产生另一种含义:人生来是黑色的眼睛,却用它去找光,这是人自身的矛盾与悖论,是人的逆反心理,光明成为人自身发展的探索与创新。可见隐喻修辞赋予文本的真正意义,仍然要结合诗人所要传递的意思进行阐释。但我们必须承认,离开作者和时代背景的阐释并不是无意义的,它同样是诗歌文本所衍生出来的、符合逻辑的阐释。

---

① 王家新.新诗"精魂"的追寻:穆旦研究新探[M].上海:东方出版中心,2018:23.

于是诗歌文本的多义性由此得到开枝散叶。

再来看另一首隐喻性诗歌,北岛《回答》的前两节:

卑鄙是卑鄙者的通行证,
高尚是高尚者的墓志铭,
看吧,在那镀金的天空中,
飘满了死者弯曲的倒影。

冰川纪过去了,
为什么到处都是冰凌?
好望角发现了,
为什么死海里千帆相竞?

诗中借用多种意象,为我们提供了大量的隐喻性信息。"卑鄙者"和"高尚者"这两个反向形容词,分别代表迂腐的统治者和抗争的革命者。"镀金的天空"隐喻着充满虚假的现实生活,统治者用粉饰太平的伎俩掩盖了残酷的真相。"死者"可以是革命者,"弯曲的倒影"隐喻着革命者死后仍然遭受诽谤的声音。"死者"也可以是无辜的人民群众,他们"弯曲的倒影"则是被奴役的惨状。这句诗产生了多义性,但也开拓了我们的理解力,目标都是讽刺指责高高在上的"卑鄙者"。紧接着第二节的"冰川纪"隐喻着极左时期的状况,"冰凌"隐喻人际关系淡薄,人与人之间相互猜忌与斗争。"好望角发现了"隐喻着未来的日子应该是美好的,但是"死海里千帆相竞"隐喻着人们却在为无意义的事情激烈地竞争着,没有人去追求抵达"好望角"之后的美好图景与生活。

北岛的《回答》所要表达的主题十分尖锐,诗人采用了隐喻作为这首诗的主要修辞,使诗歌的讽刺更具韵味。他对意象的拿捏与选用是符合逻辑性的,也符合了诗人自身的情感观。每一个意象的选用与隐喻修辞的运用都十分尖锐,如果脱离了这些意象,和那些滥竽充数的情感杂文一样抒情,那么诗歌可能就失去了语言的魔力和韧性。简单的抒情不能完全意义上称为一门语言艺术。诗歌的趣味性是诗人不断运用修辞赋予的。主题可以多变,但是诗人如何呈现出来,就要采用各类修辞和话术,在诗歌面前,诗人更像是一个魔术师,修辞是

第十章 初期诗歌写作者的修辞能力训练

变化莫测的伎俩。观众阅读诗歌,也就是在阅读诗人表情达意的文字呈现过程。初期诗歌创作者要从修辞中明白,诗歌作为短句的集合体,要将巨大的力量藏匿于精微短小的句子中,只能借助意象和修辞来实现。

谈论北岛和顾城诗歌中的隐喻离不开时代背景,当我们抛开时代背景去看诗歌内部的隐喻效果,诗歌隐喻带来的多义性就更为突出。失去社会背景的桎梏,诗歌真正地回归到文本和人本身。创作诗歌时,诗人会因为人生经验和文学素养积累的差异,导致诗歌使用隐喻修辞后,意义指向多样化,从而产生多义。隐喻修辞在诗歌中起的效果,需要初期诗歌创作者不断体验和消化,然后运用在自己的诗歌创作里。

接下来我们分别讨论几首除去社会背景的诗歌,看诗人们如何选取意象,运用意象设置修辞,实现有效隐喻,使诗歌产生多义性;再探究多义性如何成就诗歌独特魅力;最后总结有效隐喻的几个要求。

"90后"诗人查金莲的《国王》这首诗中有两节诗就运用了隐喻的修辞手法。

覆盖,然后才能贴近大地
成为扎根的红玫瑰
鲜血随时可能滴落,驱逐

贪婪的鬼魅。踏上阶梯
他曾口含德摩斯梯尼的弹珠
安慰恐惧中的人民

查金莲的这两节诗所选用的意象有"大地""红玫瑰""鲜血""鬼魅""阶梯""德摩斯梯尼的弹珠""人民",这些都是诗人为隐喻设置的意象,它们承载着诗人的心血和情意,充分展现了诗歌语言带来的意趣。初读这两节诗,我们可能很难理解诗人所要传递的情感与意义。字面上看,我们理解为落地生根,玫瑰的圣洁可以驱赶鬼魅,国王登基,他善于用雄辩的口才安慰不安的百姓。但经过对诗中形容词和动词的推敲,我们可以游戏其中:"大地"不只是大地,它隐喻了百姓,"贴近大地"则可以理解为深入群众;"红玫瑰"也并非真正意义上的红玫瑰,而是隐喻着国王的权力,诗人在这里还巧妙地将红玫瑰红的色彩,变成鲜血,实化的玫瑰的颜色,巧妙衔接了意象之间的逻辑与意义,衍生另类新奇之感;"鬼魅"隐喻了国家的敌人或国王的敌人;"阶梯"隐喻为了登上皇位或达成某种目的;"德摩斯梯尼的弹珠"隐喻了国王巧舌如簧的话术;"人民"则隐喻了受蒙骗的人。从第一层隐喻的意象解读来看,诗歌似乎是抨击国王专权,为了皇位,欺骗人民。从第二层隐喻的意象解读来看,国王是当政者,隐喻了现实生活中的政治家,他们笼络人心,为所欲为,为自身利益,一再蒙骗百姓。从第三层隐喻的意象解读来看,诗歌则是抨击了人的虚伪与狡猾,为达目的欺骗旁人,以自我为中心,自私自利。

《国王》中短小的两节诗里,我们能解读出一层诗歌语言的本意,三层隐喻生成的意义,这就是诗歌的多义性。查金莲将互无关系的意象相互衔接,统筹在《国王》这首诗中,利用意象的特点编织着诗歌。其中,代指、引用和虚实等修辞在诗歌中相互穿插,使全诗在充满隐喻的神秘感中充满张力。

我们再来看李路平的诗歌《虚构》:

似乎需要一些虚构,将
心里空缺的地方填满
似乎需要一些快乐和悲伤
互补,像夏天的热
弥补冬天的冷,像白天
弥补夜晚。未来弥补过去
和现在,我需要它们
失落时温暖的慰藉,柔软
随心所欲,与多彩的气泡
一样轻,从天空飞过
随手摘下一些,现在好苦
我需要它们的甜

这首诗也充满了隐喻的气味。我们不能忽视李路平在开头所运用的虚实结合,让诗歌的语言产生对称感和韧性,将名词虚构实体化,"快乐"和"悲伤"、

"热"和"冷"、"白天"和"夜晚"、"未来"和"现在"都是虚化体,而"填满"一个动词则将它们全体实化,这就是修辞的艺术,完成虚实则需要考虑名词与形容词的位移。《虚构》本身就是一次隐喻,诗人在虚构的心绪中寻求一种平衡,将这种诉求表现在诗歌里。"气泡"是整首诗隐喻的重点意象,它在诗中代表着能治愈诗人的灵药,是愉悦、慰藉、自由的实体化,反过来也隐喻了愉悦、慰藉和自由。但当诗人将"气泡""摘"到现实中来,则又是苦的,这说明想象的美好是虚构的,是不可得的。诗人想要的甜,永远飘在天空上,那么"气泡"又不失为一种理想。而气泡自身也是不可能被"摘"下来的,摘下来则是梦的破碎。诗人的内心渴求一种平和,《虚构》的隐喻是一种苦恼的诞生,当诗人尝到苦后,才发现,真正的甜要从自身去找,而非从外物汲取。

李路平的《虚构》中,我们没有看到像查金莲《国王》中细密编排的意象,这是因为《虚构》主题的需要,它只用了一个"气泡"意象便与主题相互重叠,这是很巧妙的设置。在他的诗歌里,不需要过多解读,削弱诗歌多义性的特质,读者在轻松之余能感受到虚实和隐喻修辞的魅力。在与文字的周旋中,李路平选择了平实的诗歌技法,使主题更为突出,使隐喻与意象一对一,更能让我们感受到意象和隐喻对诗歌的重要性。

从以上对顾城和北岛诗歌的分析可以看出,诗歌中的隐喻要结合诗人的社会背景进行解读,才能抵达真正的含义。而对两个"90 后"诗人的诗歌解读可见,诗歌的发展越来越个体化,也就是减弱了社会外在因素的影响,回归到诗人内部情绪和意念的表达。这也要求我们在新诗写作中一定不能过于依赖社会背景创作。随着社会的发展、文化多样性的产生,我们不能再站在上个世纪的历史背景下表达上个世纪的情感。新诗的发展要求我们诗歌创作者百花齐放,也就是写新诗,向着新的方向来运用各类修辞,表新风,言真情。在速食文化的冲击下,诗歌的要求也越来越严苛,出现一行、两行、三行情诗的创意写作,这就需要诗歌写作者拥有足够广博的见识和足够灵敏的修辞手段。

通过分析诗歌文本中的隐喻修辞,我们做了一些总结,要做好隐喻修辞的使用,必须具备以下三点。

首先,诗人选取的意象需要具有代表性。意象的选取直接影响到整首诗呈现给读者的第一印象。譬如《天净沙·秋思》中"枯藤老树昏鸦,小桥流水人家,古道西风瘦马。夕阳西下,断肠人在天涯",全诗由意象堆叠而成,这些意象营造出了苍凉的景色,反映出诗人迷惘的情感。新诗需要意象,意象是诗人把不可感知的情感心绪移交到具体可感的事物上,"是诗人的内在情思与生活的外在物象的艺术统一,是诗人将意与象融合后创造出来的可感触的具象"①。诗歌不能有象无意,这样的诗是经不起推敲的;诗歌也不能有意无象,这样的诗更是泯灭了诗歌的审美性。意象统一是一首优秀诗歌该具备的基础。正如唐湜所说:"在诗人,意象的存在一方面是由于诗人对客观世界的真切的体贴,一种无痕迹的契合;另一方面又是客观世界在诗人心里的凝聚,万物皆备于我。"②

意象选取的代表性,是诗歌能否敏锐、能否言辞达意的重点。在北岛的《回答》里,它选取"冰川纪"和"冰凌"这组意象,让上下句既有逻辑关系的衔接,又能影射社会人际关系的冰冷与麻木。这组意象既符合了诗人所要展现的社会问题,又处理了诗歌意象与句意的细节部分,毫无突兀感。顾城《一代人》中的"黑夜""黑色的眼睛"与"光明"是相对的意象,就是在这种矛盾中,顾城才能表明与上一代人断裂的决绝,他的意象选取十分鲜明且富有代表性。查金莲《国王》中"红玫瑰"与"鲜血"的相近意象,让诗歌更具延展性,代表了国王与人的神圣不可侵犯。李路平的"气泡"实则在写诗前就有了这个意象的构思,将"虚构"的诗名与主题"气泡"相结合,利用"无"这个相同的特征来进行隐喻,主题突出,结构完整。初期诗歌创作者要不断地在万千意象中判断和选择,其在诗歌使用处是否妥当,是否已经竭尽全力地契合自己所要表达的情意。初期诗歌创作者更要结合全诗,为诗歌的整体服务,让诗歌更加精练,符合修辞规律,做到有效隐喻。当然,这是一个漫长的过程,是阅读积累与写作训练的过程,更是自我与诗歌文本不断磨合的过程,这个过程永无止境。

其次,意象使用隐喻修辞需要创作者进行联想,主要有架空联想和衔接联想两种。

初期诗歌创作者要学会架空联想,也就是从一事物跳跃嫁接到另一事物上,两者之间又十分贴切。架空联想让诗歌部分更加猎奇与惊艳,极具创造性。它主宰着诗歌的部分,锻炼诗人的想象力,不断开拓新诗歌领域,是一首诗歌中最为出彩的部分。例如《一代人》中将社会的混乱隐喻为"黑夜",《虚构》中将诗人虚构出来的自由快乐隐喻成"泡沫"。毫不相干,但又因内部有所联系的事

---

① 干天全,刘迅.文学写作[M].重庆:重庆大学出版社,2014:146.
② 雷世文.中国新诗导论[M].北京:光明日报出版社,2015:199.

第十章 初期诗歌写作者的修辞能力训练

物形成的嫁接就是架空联想,它需要创作者不断调动自己的想象力,从各类意象中准确抓取所需意象。架空联想与第一步选择代表意象的步骤同时进行,但要增加创新性,既出人意料,又在情理之中。

除了架空联想,还要衔接联想。衔接联想就是意象与意象之间有联系、不跳脱。诗人要善于联想,使意象与表达相互吻合,再运用隐喻及其他修辞,完美呈现出最终的表达。在联想中,吻合是最为重要的,如果我们要表现人与人的关系是冷漠的,我们先要找到和冷相同的事物,可以是雪,也可以是冰,然后找到内在联系。例如北岛《回答》中的冰凌,是冰从整体到破碎的状态,它们之间也是联系的,所以,北岛使用"冰凌"这个意向无论从内在联系还是外在联系都是很妥帖的。另外,《回答》中的"冰川纪"与"冰凌"出现在上下句,它们之间就有整体和部分的关系,而不是火焰山与冰凌的关系,也不是一棵树与冰凌的关系。又如《一代人》中"黑夜"与"黑色的眼睛"是一种因果关系,因为是黑夜,所以身处黑夜里的人被染上黑色的眼睛,人的眼睛本身也是黑色的,这里的联想就是多对一。一个外界渲染赋予的原因,刚好嫁接给了人与生俱来的东西,精巧又吻合,使诗歌成为一个整体。而后"光明"的意象又衔接了"黑夜"之后即将到达的白昼,"光明"是一种必然到来的状态,用在诗中则隐喻了人的觉醒与抗争、人的自由与理想。再如查金莲《国王》中,用"红玫瑰"代表国王的权力,玫瑰是高傲的,是爱的代表,是灵魂的忠诚,但是下一句"鲜血"的意象使"红玫瑰"堕入凌厉,成为残忍自私的地狱之花。"血"与"红"之间就有相同的意象,与国王的残暴和权欲相吻合,这样别致的衔接联想使《国王》中带有别致的美感与独特的气息。衔接联想使诗歌的结构更为紧凑,整体功能更强大,为主题的表达积蓄着力量。

最后,意象使用隐喻的修辞与其他修辞最终都要为诗歌主题服务。《虚构》中,前面一系列的虚实结合与对比修辞都是在为"虚构"的主题做铺垫。"快乐"与"悲伤"、"夏天的热"与"冬天的冷"、"白天"与"黑夜"它们都是对比的意象组,都被"填满"二字物化,导致虚实结合。在这里,它们的使命不仅仅是炫技,而是朝着"虚构"的主题前进,直至"气泡"的出现,"气泡"温暖慰藉着"我","气泡"填充着我,但是"气泡"是虚构的,通过"摘"这个虚实相交的动作,引发出"苦"与"甜"这对蕴含着现实与理想的意象组。诗人用对比、隐喻与虚实结合的修辞手法,积蓄所有被虚构的画面与诗人迷惘的情绪,来表达最后"我需要甜"的诉求。所有诗歌的走向与结果都不是偶然发生,而是诗人蓄谋已久的操作。初期诗歌创作者要有清晰的逻辑情感思维,要把诗歌的内容往一个地方靠拢,最后让人窥见最终的核心表达思想,这样被层层剥开的诗歌是有韵味、有意趣、有深度的。写诗的困难远远大于散文和小说,不同于纯粹抒情与文字精编情节。没有人物与跌宕的情节,在精简的小诗中却要完成一次次谋杀或救赎,诗歌是迷人的,是诗人苦心经营的成果。

当然,隐喻是修辞方式的一种而非全部,在此我们选取隐喻的修辞进行分析,旨在说明诗歌中常见修辞的运用与创作,让初期写作者明白诗歌使用的是隐喻性语言。就是说,隐喻不是诗歌修辞的主场,所有的修辞都是为诗歌文本服务,是为表情达意服务的。倘若在隐喻修辞中看不见作者的情感和所要表达的意思,便是无效隐喻。初期诗歌写作者一定要注意,写作绝对不能被语言和技巧所支配。炫技是诗歌写作成熟过程中无法避免的一个节点,也是诗歌写作的训练过程。但最终,诗歌创作者都要从这个镶嵌满华丽钻石的甲板上跳脱,实现用语言来更为精准地表达自我。

我们要提醒诗歌创作者,不能过度地使用隐喻或其他修辞,让诗歌"穿金戴银"看不清本相。诗歌质朴的本色永远大于所有的修辞技巧,诗人所要表达的主题与感情远大于技巧展示,诗人不能沦为"街头艺人"。倘若一味运用隐喻或其他修辞,走向不可知论,整体无法解读,诗歌就不再是诗歌,遂沦为语言与谜语的工具,这条路象征主义诗歌已替我们走过。

二 通感与其他修辞

通感是利用人的错觉把人不同的感觉进行串联。它是一种特殊的语感,这种语感更加微妙。在诗歌创作中通感运用得好,整个作品会有很大的提升,更加有诗韵和意境。通俗地讲,通感是"错位"的艺术,在诗歌的创作中把视觉、听觉、嗅觉、味觉、触觉等属于人类器官自身的一些感觉相互沟通,有意识地错位表达。通感技巧的运用,能突破语言的局限,丰富表情达意的审美情趣,增强文采的艺术效果,让抽象感觉领域相互交融,去感知客观事物,描摹主观上的微妙感受。在通感的运用中,空气是甜的,颜色有温度,声音有形象,冷暖有重量,所

第十章 初期诗歌写作者的修辞能力训练

以通感是人们共有的一种生理、心理现象,与人的情感活动分不开。五官的感觉算是"有"与"无"相通,彼此相生,彼此成就了。比如,朱自清《荷塘月色》中有一句:"微风过处,送来缕缕清香,仿佛远处高楼上渺茫的歌声似的。"在这里清香乃是嗅觉,歌声乃是听觉,是嗅觉与听觉之间的相通。又如:"你笑得很甜","甜"是用来形容味道的,这里用味觉来形容视觉;"我尝到了花香",这里花香是嗅觉,尝属于味觉,用味觉来形容嗅觉。这些都是通感的运用。

五四运动以后,新诗崛地而起,通感手法的运用在诗歌创作中更为广泛,如戴望舒《旅思》中的"只有寂静中的促织声,给旅人尝一点家乡的风味",唐祈《故事》中的"可怕的欲念,象(像)他满腮的胡须",鲁迅《梦》中的"很多的梦,趁黄昏起哄",艾青《复活的土地》中的"腐朽的日子/早已沉到河底"。

通感也是青年诗人最喜欢运用的创作方式,将抽象与感觉通联,通过感觉进行联想创作,能够让诗歌更具有跳跃性。在通感的写作中让一切"无"的事物有了色彩感、立体感、具体感,不再是单纯的感性产物。

一束光

李路平

仿佛有一束光从天而降
不偏不倚,就照在我身上

我能感觉到它的温暖
从上而下,水一样缓缓流淌

我能闻到它的香味
虽然很淡,可我还是能闻到

它似乎只是俯身看了一眼
但这一眼已经足够

通感的运用在李路平的诗歌中产生了化学反应,我们通过《一束光》可以看出涌动的感觉开始向外扩散,淡淡的思绪里透露着诗人平凡却不平庸的心态。随着词句和言语的展开,处之淡然的韵味随着这束光向"我"投射而来,这束光让作者感到温暖,闻到了香味,看它一眼就已满足。以自我为立足点,表现出个性的心理感受,通感仿佛给作者打开了情绪的源头,具象化的表达让我们感受到了这束光的不同含义,作者赋予了光生命,让其在诗性的语言里达到一种平衡。同时,通感与比喻之间密不可分的关联让诗歌更加生动起来,通感与比喻的相互结合,增强了彼此的艺术表现力和审美感知力。

通感的哲学基础是自然界普遍相通的原则,客观事物都不是孤立存在的,它们之间有着千丝万缕的联系。通感也可以用声音和色彩等手段去表达人类的感情,它成了写作实践中一种重要的艺术表现手段。在现代文学作品中,通感的使用,可以使读者各种感官共同参与对审美对象的感悟,克服审美对象知觉感官的局限,从而使作品产生的美感更加丰富和强烈[1]。

进入 21 世纪以来,修辞手法在现代诗歌中的运用层出不穷,我们在使用时应该切合语境,同时也要注重话语的构建、词语的选择。我们主张在诗歌的形象思维方面进行创造,利用修辞手法对形象思维进行意向性的捕捉。艾青曾说:"形象思维的活动,在于使一切难以捕捉的东西,一切飘忽的东西固定起来,鲜明地呈现在读者的面前,像印子打在纸上一样地清楚。""写诗的人常常为表达一个观念而寻找形象。"在诗歌写作成熟前,我们更应该在个人观点和写作手法之间形成一个统一性,规避掉不可取的想象思维和模仿趋势,对一切客观事实的事情、事物进行自我意义上的创作。

除了通感之外,诗歌中的修辞多不胜数。由于章节篇幅,我们上面选取隐喻与通感两个重要的修辞作为主要讨论点,但是不代表着诗歌仅有这两种修辞,诗歌更有排比、拟人、比喻、反问等多种修辞的混用。诗歌的表达方式是迷人的,内容与情感是多样的,我们需要在创作中不断发掘关于修辞的新的使用方法,促进诗歌多样化。我们接着来看"90 后"诗人刘理海的诗歌《隔着长江喝酒》,从其修辞运用手法角度来欣赏诗歌修辞的魅力。

桂花香遍九月,我们隔着长江喝酒

---

[1] 程文华,张恒权,冯志国.英汉修辞比较:理论与实践[M].青岛:中国海洋大学出版社,2017:266.

第十章 初期诗歌写作者的修辞能力训练

月趋圆,草丛里的蟾蜍蹲在虫豸声中

有王者的庞大,水中单薄的明镜
轻摇水杉密集的私语,夜晚只属于

旧灯光,那些剥落的人会出现
像影子一样在路上寻找参差的脚步

楼梯上那些生病的墙壁,关着憋屈的
房间,老风扇吹不散满窗的心事

  这首诗第一节做了环境渲染的准备,"隔着长江喝酒"是一种夸张的比喻,旨在说明距离远与感情深厚。思念之情与九月桂香一样浓烈,这里运用了通感的修辞,将桂花香味的浓烈与人思念之情的浓烈叠合。"蟾蜍蹲在虫豸声中"既有通感又有虚实修辞的效果,蟾蜍作为一种物体,虫豸声是一种声音,"蹲"字使其产生通感效应,将两者结合在一起,给人虚实结合的效果,虫豸声被物化。第二节"王者的庞大"指上一节的蟾蜍之于虫豸声形体是庞大的,或者虫豸声之于蟾蜍是庞大的,形成含混的多义,值得我们思考。"单薄的明镜"与同句的"庞大"形成对比,其不忘将月亮比喻成明镜,"单薄"二字又使月亮拟人化,采用了拟人的修辞。"私语"也采用了拟人的修辞手法,"轻摇"二字产生通感效应与虚实效果,月亮轻摇水杉私语的声音,声音被摇动是通感与物化。"剥落的人"使人失去自身被物化,诗人表达落寞的情感,而后将人比喻成"影子","寻找参差的脚步"又一次产生通感效应和虚实结合的效果,脚步被物化,"人""影子""寻找""脚步"在虚虚实实中闪烁不定。"生病的墙壁"关着"憋屈的房间",将墙壁和房间拟人化,墙壁关着房间是在拟人化的基础上又一次高级的拟人化,渲染了诗人内心失落、抑郁、迷惘的情感。最后一句诗人终于显露出情绪低落的原因,"老风扇"吹"满窗的心事","满窗的心事"运用了夸张的修辞,同时也被"吹不散"物化。"满窗的心事"是本诗的主题,诗人所有的修辞运用、情感渲染都为难以散开的心事服务。诗人没有忘记诗歌表达的主题,清晰地运用修辞将其表现出来。

整首诗将各类修辞手法运用得十分活跃，但能做到逻辑清晰，意象吻合，上下衔接妥帖，主题表达明确。诗人没有被修辞的技艺迷失诗性与心性，他将修辞的技巧纳为己用，站在主导地位谋篇布局，使这首诗趋近完整。这是初期创作者需要不断努力达成的一个目标——学会运用修辞，学会调节意象之间的关系，学会"妥帖"与"吻合"。诗人运用语言与修辞的能力值得肯定，但是诗人仍然需要突破自己，不能一直限制在修辞的泥淖中，这样会沦为文字技巧的工具。正如之前所说，诗人不是"街头艺人"。

诗歌的修辞是具有魔力的，本章从隐喻与意象、通感与其他修辞两部分来讨论，让初期诗歌创作者站在修辞的角度看诗歌的构建，明白部分的重要性与整体的黏合性。在隐喻与意象中，初期诗歌创作者一定要重视诗歌意象的选择与使用，也要明白诗歌中重要的隐喻修辞是如何通过意象来完成的。在通感与其他修辞中，初期诗歌创作者要了解通感的具体知识内容，其他修辞中创作者要懂得修辞之间如何转换与妥协。总之，初期诗歌创作者无论对修辞使用到何种程度，都要明确一个中心点，那就是，修辞永远为诗歌与诗人服务，为主题与情感服务，不可本末倒置。

第十一章　初期诗歌写作者的主题锻造训练

一　主题与自我

初期诗歌写作者往往会把自己的作品与其他诗人的作品相比较。事实上，这是在祈求某种回应。初学者期待作品中的自我能够得到他人的认可。这是一件不容易办到的事情。写作者们有意无意地在诗歌中建立秩序，形成自己的一套运行方式。初期诗歌写作者往往还没有形成自己的设定，包括回应自我与世界、自我与他者、自我与宇宙。这使得他们的作品显得混乱，但也有些作品因此显得更为飘逸灵动。初期诗歌写作者意识到，写作已经把自己的精神活动展示得异常清晰。写作者在各自的作品中回答问题，包括写作中的和生活中的问题。写作者在创作中就隐含了这样的一种想法：作品能够影响现实的世界。初期诗歌写作者往往会追求这样的结果，但是也产生了怀疑。在写作中，自我的介入是一件经常发生的事情。而形成什么样的自我，就成为诗歌之间的差异。诗歌中到处充满了符号，写作就是一项符号化的活动。初期诗歌写作者能够理解符号的意义就能理解更多伟大的诗歌。符号的美感不仅是它本身，还包括形式的美。伟大的诗篇往往能够处理自我与世界、符号与诗歌的关系，或者更进一步创造出新质的关系。诗歌中表达自我最集中的地方也许就是主题存在的地方。初学者往往很难判断出自己作品的主题是什么样子的，特别是刚刚开始写作的诗人。他们看着自己的作品，不知道要怎么样解释才好。要是这个时候有人希望他阐述自己的诗歌，初学者就会陷入迷惑之中。他好像第一次完整地看见自己的诗歌，但是几乎不能对其阐述。

诗歌中的主题是什么呢？诗歌中的人或事是不是真实的？这首诗又是怎样被创作出来的？这些问题困扰着初学者。同样，已经入门的诗人也很难回答出这些问题。而其中关于主题的问题就是这一章节我们要讨论的东西。

实际上，很多诗人都无法完整地回答这些问题。但是这并不意味着我们不需要探索答案。回答出主题的问题将会让你知道自己在写什么,下一次要怎么写。诗人总会想创造出某些东西,但初学者在这之前先要知道自己写下了什么,否则就无法开始新的东西。要看到诗歌中的主题,最好暂时不含偏见。初学者会寻求别人的帮助,要是这个人是他的老师,他会更加相信这个人的判断。在诗歌的领域中,老师的作用非常大。前面的几个章节曾经提到老师和同伴的作用,他们会陪伴在你的旁边。当初学者不知道这些问题的答案时,他常常会求助于自己的老师和同伴。但要注意的是,他者的判断是一回事,你自己的判断又是另一回事。不必过于纠结他人在你的诗歌中看到了什么,专注于你自己的判断吧。这同样是需要练习的一件事情。初学者往往对自己的判断不自信,反而相信其他人的判断。这个时候你需要保持专注,学习每一个词语的质感,想象抚摸它们的感觉。

主题的锻造需要初学者不断地练习,直到能够比较好地了解自己的诗歌,并为下一次写诗做准备。这就是主题锻造的意义。即使是成熟的诗人,在不同场合的回答都会不一样。有的人解释自己的主题,有的人倾向于不去讨论主题。这是两种倾向,当你偏向其中一种,就会在你的作品中体现出来。当你没有主题意识的时候,你写下的诗歌可能是非常零散的,读者可能根本不知道你想说什么。但从另一方面来看,这种主题的零散有时候是非常飘逸灵动的,非常具有想象的空间。当你开始主题练习,你写出的诗歌可能都是集中在一个主题上面,比如描写末日、爱情等。这可能只是一个练习阶段,最终你会离开主题练习,回到你原本的轨道上来。其中的转变,需要写作者自己去探索。

方法有很多种,一般来说,需要安静整洁的环境,这有助于你关注自己的诗歌。但也有的人喜欢在吵闹的环境中体会诗歌的精妙。很多人都有这种体验。当你的心很烦乱的时候,来到一个吵闹的房间,你会发现你旁边的人是如此的吵闹和无意义,你不由得生出逃离的感觉。但你暂时无法离开这里,过了很长一段时间,你会变得比周围所有人都心静。这个时候你再去看诗歌中的主题总会感觉如此简单。听其他人介绍的方法当然是必要的,但是写诗是非常个人化的活动,你必须随时告诫自己这一点,这样才不会被变化的评价所迷惑。

主题能够让诗歌阅读者和创作者清晰地明白诗歌要传达哪些关键内容。由于现代诗歌大都呈现出一种晦涩难懂的现象,朦胧诗的意义模糊,象征主义诗歌的象征意义宽泛等问题,都提升了诗歌阅读的难度,同时对于诗歌写作的初学者来说,他们也会陷入一种似是而非的状态。想想看,你将怎么样用一句话概括你的诗歌,还是用一个词就足以概括你的诗歌?正值青春的诗人很容易挥笔写下一首爱情的诗篇,此时的诗人往往感情充沛。抑郁的诗人往往写出关于世界末日的诗歌,他很容易感受到世界的最后一刻是什么样子。智慧的老人往往可以写出具有哲理的诗篇,他回顾自己的经历,见证世界的变化。因而,对于初期诗歌写作者而言,主题锻造训练是十分必要的。

二　阅读行为与主题

主题的锻造在诗歌创作中贯穿着每一个环节。创作的环节很有可能分为这几步:阅读思考和经验、构思腹稿、初稿、文字成形和修改。在创作的初期,你会思考这首诗想要表达什么,最终出来的效果是什么样子,其中当然包括了对主题的思量。然后在构思腹稿的时候,你同样要考虑每一节诗歌是不是符合诗歌的主题。在这个阶段你会开始想清楚这首诗的主题是什么,大致明确了方向。在这个阶段形成的主题成为这首诗的背景,并且影响下一步的发展。随后进入初稿的写作,这个时候可以删减掉一些跟主题无关的事情,让你的诗歌集中起来。到了修改阶段,你反而可以再次了解你的主题,顺着感官,调整词语的位置。

阅读行为与主题的锻造始终是在一起的。这里说的阅读不单单是指阅读其他诗人的作品,还包括在写作过程中阅读自己的作品。所以说,阅读行为是贯穿整个写作过程的。当你按照上面的流程开始写作了一段时间,你很容易形成写作惯性。按照这样的过程,似乎很容易创作出一首诗歌,并且大概率还能得到朋友的称赞。但当你开始深入诗歌写作,你会发现,这些阶段只不过是初学者的练习。成熟的诗人不会按照这些步骤有序进行。很有可能的是,他们已经不再需要某个阶段,比如不再需要大的修改和调整。这是因为在前面的构思阶段,他们已经形成了比较完美的腹稿。成熟的诗人往往会考虑更多,要是整个主题已经不再有活力,他们会果断地放弃已经写出的诗歌。这种敏感度同样是初学者需要长期的练习才能达到的。构思阶段和最后的修改阶段都需要阅读,阅读经典作品可以打开初学者的思路,阅读自己的作品可以反思写作的过程是否有效。

　　开始写诗的时候,初学者往往会大量阅读经典作品。他们希望从经典中汲取力量,这样的做法当然是正确的。但除了要学习经典,初学者自己的作品同样也需要关注。相对于已经成形的经典作品,初学者的练习作品总是充满各种瑕疵。初学者需要练就敏锐的心灵,找出诗歌中的不足。关于主题的练习需要初学者阅读更加集中的作品,比如现在你练习的是战争诗,你也许会希望读到其他诗人是怎么写的。这也就成为初学者收集资料的过程。诗歌教材的存在默认了一件事实,那就是诗歌写作是可以被教授的。即使你身边没有能够与你分享的朋友,你也可以自己找到这样的人——就像在古诗中经常说的,与古人为友。事实上,无论在西方还是在东方,跟经典作品对话都是一项常见的活动。初学者需要这样的练习阶段来更好地掌握诗歌的奥秘。初学者阅读经典作品和修改自己的作品,这两者往往是在一起的。模仿对于写作来说是最有效的方式。主题的锻造需要阅读和不断练习,直到初学者能够将主题了解透彻,并且每种重要的主题都有不错的作品出现。

　　在最后的修改阶段,阅读显得更为重要。初学者可以通过多种方式了解自己的诗歌,这可以避免词语泛滥的表达,从而慢慢整理出成形的作品。主题是一首诗表达的核心,它集中表达了诗歌的方向,推动诗歌的发展。主题的锻造提醒我们一首诗是成形的作品。当你阅读过经典作品之后你会发现,诗歌中的主题是那么丰富,几乎包含了人类的所有情感、经验和思考,描写爱情、乡愁、死亡等的主题总是在诗歌中重复出现。但在这里,我们讨论的是主题的锻造,也就是需要集中的元素。不管你在一首诗歌中看到怎样多的主题,你都无法完全复制到你自己的诗歌中来。经验和思想不能轻易复制。一些传统的主题只是表面上的模式,它不见得适合你现在的思考。随着写作的深入,你会发现这些模式在你的诗歌中已经没有严肃的意义。

　　主题可以作为你在修改阶段的反思。当你完成一首诗,也许别人会问你,这首诗写的是什么呢?你会发现如果你没有在写作过程中贯穿对主题的思考,你很有可能回答不出这个问题,特别是当你还在练习阶段的时候。设定好的练习的主题不一定适合你,这些练习只不过是为了你更好地了解诗歌的主题是怎么一回事。主题的练习需要阅读行为,阅读同样在影响你的主题。这不是非此即彼,而是互相影响的行为。特别是对于初期诗歌写作者来说,不同的阅读带来巨大的差异性。有人喜欢读浪漫主义的诗歌,有人喜欢有智慧的诗歌,有人更喜欢叙述的诗歌。在短时间内进行的打量将会极大地改变初学者的诗歌。

主题练习会让初学者集中阅读一种主题的诗歌,这不像平常零散的阅读,它是带有目的性的学习,初学者在短时间内就可以获得相关主题的词语、句子的感觉。比如,要写乡愁,经典作品中的乡愁就会给初学者一个很好的范本。这使得初学者上手很快,不会局限于自己有限的经验,而是思考得更多。当你已有的经验无法帮助你完成作品时,不妨继续你手上的练习。练习会帮助你熟悉更多的主题,了解更多主题的意义。熟知这些主题会使你的写作变得更有深度。想想这样一个情景吧:你写下一幅世界末日的景象,但你担忧这是不是过于简单,接着你运用已有的主题知识为这首诗歌加入了对宗教和死亡的思考,你惊讶于诗歌的变化,好像这不是你完成的诗歌。那么,这就涉及另一个话题,即主题的锻造。

三　主题的锻造

从实用的角度看,主题就是一首诗说了什么,它能帮助我们快速找到诗歌的定位。一首没有主题的诗歌很容易变成零散的想法,无法变成成形的作品。一首诗歌的成形要像铁匠打铁一样,一锤一锤地改变,直到它变成你想要的样子。一个明确的主题会帮助你写诗,下面我们来讨论一些有效的方法。

(1) 主题句

主题句是一首诗的核心,简单来说,这句能够最大限度地集中和简化诗歌的意义。当你在阅读的时候,你很有可能会遇见它。现在我们来做一些简单的判断。在著名诗人李少君的诗歌《神降临的小站》中,我们可以来看看在固定的主题写作里,诗人如何锻造自己的主题。

神降临的小站

李少君

三五间小木屋

　　　　泼溅出一两点灯火
我小如一只蚂蚁
今夜滞留在呼伦贝尔大草原中央
　　的一个无名小站
独自承受凛冽孤独但内心安宁

背后,站着猛虎般严酷的初冬寒夜
再背后,横着一条清晰而空旷的马路
再背后,是缓缓流淌的额尔古纳河
　　在黑暗中它亮如一道白光
再背后,是一望无际的简洁的白桦林
　　和枯寂明净的苍茫荒野
再背后,是低空静静闪烁的星星
　　和蓝绒绒的温柔的夜幕

再背后,是神居住的广大的北方

　　李少君的诗歌,无论铺陈、渲染、造意,一般都不会有过度的处理,这使得他的文本较为明晰。
　　诗的第一节,先确立一个点,即"三五间小木屋""一两点灯火""我""无名小站";然后,笔触延展——冬夜、马路、额尔古纳河、白桦林、荒野、星星和夜幕。通过这渐渐打开的扩展,李少君构建了一个北中国的夜景。最后,"神居住的广大的北方",是对夜景的最终定位,也提炼了诗人内心的某种终极性的感受。
　　因为明晰性的诉求,诗人不厌其烦地使用了以下这几个标志性的方位词:背后、再背后、再背后、再背后、再背后、再背后;读者或许会从这几乎笨拙的方位的强调中得到沉闷的压力,这一压力由寒夜过渡到马路,过渡到额尔古纳河,过渡到白桦林,过渡到荒野;接着,视线稍稍上升,过渡到低空静静闪烁的星星和蓝绒绒的温柔的夜幕。情绪至此,开始有了转机,到了诗歌的最后一行(即最后一节),诗人将情绪拉至一个终极的宽厚所在,"是神居住的广大的北方"。
　　在这终章之句中,作者还是使用了"再背后"的表达,以体现某种延续。

现在，我们回到诗歌的第一节，分析诗人所设定的"写作者自我"的情感与意志。诗人用了以下一些表述：小如一只蚂蚁，滞留，独自承受，凛冽孤独，内心安宁。这些词能极好地展示个体置身于一个大体量的沉重的环境中的情感与意志的状态，虽然并不会显示特立独行的修辞。它们展示的是人的诚实，在某种大体量所逼迫的氛围中，人的诚实与神性的刻骨相互印证。

最后，我们回到诗歌的标题"神降临的小站"。逆向的阅读回到文本的标题，这是一个巨大的地理场景中的小站，显示了世俗的小与自然神性的交流。在这样的结合点上，个人的情感与意志才有了印证巨大、沉重的自然神性的可能。

再比如查金莲的《荒凉》：

荒凉，是一种常态
水退却后，沼泽地里的陷入与挣扎
都能成为风景

为了演好艾纳，这一天
继续滑入画中
勾勒，五棵矮小的白桦

我所营造的灵魂，不足以
让摩擦停止，不是恰当的
不是饱满的时刻

有一道狭长的裂纹，延续着
上帝在我身上犯了个错误
如果我也能够呈现于画布

拥有完整的黑夜，缓缓
吐露被夺去的美与天性
等颜料堆积，调成雪的颜色

在这首诗里,诗人不再以疑问的方式进行引申,而是通过陈述性的表达,给主题句下了一个定义:"荒凉,是一种常态。"诗歌内容是根据常态的现象进行的,水退却后的沼泽地、五棵矮小的白桦、不恰当不饱满的灵魂、雪的颜色,荒凉是通过这些景物来呈现的。值得一提的是,在最后一节里,"雪的颜色"在诗人的笔下,不再单纯地呈现某种荒凉的景象,"吐露被夺去的美与天性",意味着好的事物,可是这美好的事物依旧成了冬季荒凉的雪的颜色。这样的话,荒凉就有了一个拓展性的意义,即在美好之中依旧荒凉。张爱玲曾经说过:"人生有飞扬,我飞扬不起来;人生有热闹,我亦热闹不起来。我可以逃离一切,但我逃离不出这生命的苍凉。"而第二节的艾纳,是电影《丹麦女孩》的男主人公或者女主人公。格尔达为了完成自己的画作,在女模特失约的情况下,说服艾纳穿上女装,但由此慢慢发现,艾纳自己可能更喜欢作为女性的形象,甚至格尔达还鼓励艾纳做变性手术,最终成为莉莉。"五棵矮小的白桦"是主人公艾纳对童年的追忆。

通过上面的例子,你知道主题句的确立会极大地帮助你把思想集中起来。主题句的好处是,你可以很快地知道你这首诗歌要写什么。只需要围绕这个句子写出更多的想法就可以。但当你已经开始了主题练习之后,你就会不满足于重复的练习。一个句子扩展成一首诗歌,这样的方式已经不再能引起你的兴趣。单一的主题不会让你的诗歌变得有趣,你需要练习在一首诗里面加入更多的主题。主题句的创造其实非常有意思,你甚至可以把随意的一句话作为主题句,只要你能够写下去。要是你不知道如何让主题句出现,只要会运用反复的技巧就足够了。反复和一唱三叹基本上是一个意思,反复出现的主题句将会帮助读者更快地理解诗歌。把你的主题句放在第一行,然后复制到第二行和第三行,接着在主题句的后面写就可以。你完全可以把这个练习带到你的同学间,让不同的人尝试做这个练习。如果你用同样的主题,你一定会观察到不同的自我建造出来的不同的诗歌。

(2)主题的叠加与变种

你可能发现,在你以前的诗作中,主题不止一个。事实上,主题的确定不是简单的归纳。一首诗里面有多个主题是很常见的事情,同样也会更加有趣。主题的叠加让你的诗歌变得丰富,甚至拥有张力。主题的变种会使你的诗歌更具差异性。原有的主题可能会变成带有新质的主题。你可以把主题当作你写诗歌的一个工具,想怎么写就怎么写。你可以设置多条小路和分叉,也可以引导读者往一条小路上走。在最后的修改阶段,你有大把的时间来做这件事情。但不必花费太多精力,只要最后出来的作品是你自己比较认可的就行。要知道,诗歌中的一切都是由你自己操作的。我们写作的时候不能完全依赖主题,必须自己去寻找合适的表达。

接下来看看其他人是怎么做的吧。下面这首诗有两个主题交叉并进,前两节写的是鱼的经验,第三节和第四节写的是青年的成长,最后两节写青年遇见水中的生物,到这里两个主题就交叉在一起。你完全可以这样分析你自己的作品,找出好几个主题,然后将句子打散,把主题交叉起来,让它们相互交融。

银龙

刘兰

深夜,我们变成可复制的鱼
失掉皮肤,哗啦啦,长出鳞片
岩石缝隙里,耀眼的白色银鱼

一只尾巴,闪着光的愿望
出现在溶洞里面,四处
周围全是彩色的钟乳石

世界的不可知,正在缓慢长大
长满青年的胸口,知道
什么是诱惑人心的事情

书写孤独,我们并未经历
就得出,玄铁般的结论
得到指责,我们是不幸的

在河道中间乘着小船

黑色的水下生物，浮游
也许是在进化的某一阶段

经过无数次折叠和变种
终于满足生存条件，穿过长长的隧道
融入，这个世界

下面给出的这首诗歌体现的是主题的变种，简单地说就是原有的主题加入了新的意义。你很容易找到主题句——"平常的生活是长久的"，但整首诗并不是完全地写平常的生活，其中还有作者对生活的理解，因此增加了诗歌的可读性。单一的主题往往显得单调，读者无法在这样的诗歌中得到更多的东西。在刚开始练习的时候，初学者可以练习单一的主题，但当写作进行到一定程度的时候，就需要开始把主题作为写诗的工具。多重主题的出现能帮助初学者进行更多的练习，更深入地了解一首诗是怎样被制造出来的。这就是主题的叠加和变种起到的作用。刚开始练习的时候，你可能会不知所措，不知道应该怎么样使用主题。这里提供一些小技巧供你参考。找出你以前的作品，不需要同一时间段写的诗歌；然后找出你认为差异比较大的两首诗歌，最好不要太长的诗歌，取消其中一首诗歌的题目，把它们合并在一起——不用担心会出现问题；接着把差异太大的东西删掉，留下你认为可以放在一起的诗句；最后，再次调整你的诗歌，如果文本跟题目相差太大，甚至可以把你的题目修改掉——修改的阶段要保持谨慎，特别是你仍然是一个初学者的时候，你可不知道你会不会把这首诗最好的部分删掉，所以，勇敢地选择，但谨慎地删改。

平常的生活是长久的
陈洪英

早晨，我从红色房子走向另一个
像很多人由中年走向老年

云在游弋

在蓝色之中铺一条路

书本上墨色字迹
静谧如一湖水

里面有契诃夫
接下来是马克·吐温

摘抄的时候
我省去了修饰的成分

生活本质上是复杂到简单
简单之中增加内涵

就像门口的梧桐花
落了又开,开了又落

它们是时间的遗物
平常而又长久

(3) 主题练习

我们知道,写作的时候不能过于依赖主题。初学者开始练习的时候,先不要确定诗歌的题目。这样就会给写作者更多的空间。你的主题确定以后,就不容易修改和叠加。当然,在运用这些技巧之前,你需要熟悉前人已经成形的主题,比如乡愁、思亲和回忆童年等等。熟悉这些主题会帮助你了解现有的"成规",当你的练习积累到一定量的时候,就可以考虑主题的创新。在很多诗人手中,主题都会呈现出崭新的状态,让读者耳目一新。下面提供一些方法给你参考。这些方法不一定有效,但是能够给你一些启发。

练习1:

不预设主题,使用你自己的经验形成主题。初学者往往会担心使用日常经验会减弱诗歌的可读性,但这点并不是完全正确的。日常的经验可以给写作者很多提示,写出来的主题比较发散。这样就不容易受到已有主题的干扰。下面来看几首诗歌。

弹出的音
查金莲

闪烁四次之后,红灯亮着

填回你酝酿的第一个音节
你注视,像对着镜子里
自己的脸
它注定,会印在下一枚硬币上
我信任,你的全部声音

含有更大的容量,去爱
你的职责就是发散或者接收它
用上帝传授的密码

沉默,呼吸也被埋进毛领,半坐
我握紧一把空气,不放开
你弹出的音,从颠簸的山路驶向大道
迎接磨光了的自己

米开朗琪罗的购物清单
邓子康

1518 年 3 月 18 日
一封信的背面
饥肠辘辘的随手涂鸦

"两个面包卷
一壶酒
一条鲱鱼
饺子。"

"一份沙拉
四个面包卷
一壶满的酒
干葡萄酒
一盘菠菜
四条凤尾鱼
饺子。"

"六个面包卷
两盘茴香
一条鲱鱼
一壶满的酒。"

不需要用的比喻修饰
图画与文字
清单需要被划去以求结束
期待下一项待办
昨日之物是他的购物清单
安放在天平两端
加上日期成为今日的砝码
莫奈有庭院里的色彩与睡莲
没关系,我们还有
面包,鲱鱼,饺子
成为艺术家从列出购物清单开始

这两首诗歌写的都是日常细节,第一首更加贴近我们的日常经验,第二首结合了他人的生活经验。一般来说,远处和他人的事物写起来要容易一些。初学者可以先从他人的经验开始写起,再学会怎么处理自己的经验。

练习 2:

写出两节主题不同的诗歌,然后把这两节诗歌合并在一起,并给这首新的诗歌一个合适的标题。比如下面展示的这首诗歌,你可以随意组合它们,看看有什么效果。这首诗歌比较长,有很多个节,也就是说,你可以尝试找出每一节的主题是什么。

情绪的面孔
刘理海

1
黑场之前
请在剧场贴好地标

百鸟,赵巷,泗陈公路,洞泾地铁站
上海南,虹桥枢纽,浦东国际机场
还有五角场、人民广场、大学城等

重新打乱它们的顺序和方向
新路线需要演员用全新方式
演绎生活景象

2
不要赶走富贵的流浪猫
有不同国籍的人在清晨喂食

花开之际,她会轻嗅

伸出爪子触碰采花的蝴蝶

演员们，模仿她的体态和优雅的步伐
在场灯亮起之际，惊艳全场

3
捕捉一个想法
不要赋予它五官与生命
揉碎它
透过星星点点的思想
观察物件
观察人
观察环境
一切都活过来了
不需要任何文字

4
把宠物狗带进电梯
它盯着那道缝的眼神
像极了即将冲进游乐场的孩童
它感受不到失重
哼唧几声
望着它的主人
叮——
电梯门开了
上班族率先刷开防盗门
宠物狗冲出去直奔草丛

5
剥开城市的外衣

在大学城地铁站感受冬的凛冽

假如给你一堆日常物件
把天桥布置成一个舞台

有不同颜色的雨伞
不同分贝的声音
含着不同故事的眼神

有个男人拎着
打包好的五花肉
折成两截的大葱
饱满的红薯
醒着的鸡蛋
咔滋作响的垃圾食品

如何让他的形象在人群中立起来

柱子上的图腾旋转
在楼盘中高耸

你试着把它作为评价标准
就会发现人与人之间
情绪的交流如此美妙

  在实际的生活中,我们总是倾向于把发散的思想集中到一起。讨论诗歌中的主题实际上就是讨论诗歌说了什么。人类的心灵每时每刻都在演绎一个个小故事,诗歌也是如此。每一行诗歌都是作者的一个想法。在刚开始的时候,主题练习需要集中。但到了后期,主题练习就需要创新。前面提供的方法只是这个过程的一小部分。主题的创造需要破除写作惯性,建立诗歌中的差异性。

第十一章 初期诗歌写作者的主题锻造训练

诗歌是由句子组成的,在主题的锻造中你需要调整句子,先顺着感官,调整词语状态,然后再考虑主题,删减或者增加诗行。

练习3:

幻境练习。尝试着写梦幻的东西,比如写外星生物,或者写你一个不认识甚至不存在的亲戚。这样的话,你就可以随意地写你的感受。初学者在这些练习中往往可以表现得不错,但大诗人会在这样的幻象中制造更多。幻境练习很难让人抓到它的意义,你似乎永远不会明白这表达了什么。所以,它的主题也就显得模糊。比如你写月球上的潮汐,诗歌的意义就隐藏在这个情景当中。你似乎对读者暗示了很多,甚至清楚到潮汐的具体时间,但这意义本身就是不可捉摸的。

下面这首很有意思的诗歌写的就是水怪。你能找出它的主题吗?这首诗歌展示的是水怪的思考,其中的戏剧张力和转折是值得关注的地方。这首诗的最后似乎又回到了水怪,水怪的思考和观察水怪的人,这是两条道路。分析完这首诗歌,回到你自己的诗歌。想一想你自己的诗歌有这样的例子吗?

挣扎的水怪

陈洪英

我们一生都在挣扎向上
为了能在变换横生的生活里
迎接突如其来的波涛
处事不惊

惊恐布满每个路过的角落
穿越深林时,吹来狂风
询问时,遇到骷髅假面
要经历的死亡,提前看到

每一步都被安排好了,被别人

一步一步引向他要你去的地方
你的幻想被植入新的孢子
迅速长成一朵蘑菇

外表鲜艳却无内质
吸引别人采摘并可能付出生命
这时越绚丽却越危险
越危险却更容易得到

诱惑的游戏结束之后
你往往比较痛苦
山崖下,一汪碧水
路过的人为此沉醉

微风中透出的忧郁气息
没有被察觉
因于表面的宁静
甚至不愿绕过表面,相信水怪的存在

主题作为一个工具可以帮助你写出变化的诗歌。你可以安排好你诗歌中的主题,也可以判断读者在阅读的时候会做出什么反应。在这个练习里面,你需要综合前面提到的两种练习,让你的主题焕发出新的生机吧!

四 结 语

写作与自我、符号的关系非常紧密。写作中的自我几乎是一切写作的核心。前文曾经提到过,对于主题,每个人都有自己的偏好。无论是温和还是叛逆,都是写作者的一个过程,只要自我还存在,写作就会发生改变。我们这里讨论的是主题的锻造,也就是说,当你刚开始起步,不知道怎么处理的时候,这些

第十一章　初期诗歌写作者的主题锻造训练

练习可能会给你帮助。但当写作中的自我扩展到一定程度了,这就变成了一个技巧的问题,不再是你关注的核心。这个过程应该是一个很顺利的过程,你的写作和其他人的写作不一样的地方也会显现出来。写作是一个输出的过程,强大的自我必定会带来丰富而有变化的诗歌。初学者在练习词语和分行等基本知识的时候,就在不经意间锻炼了自我。

要投入到写作这个活动中,对写作产生信任感,这不是一件容易的事情。在诗歌练习中磨炼你的心智,也许会帮助你打开更广阔的世界。诗歌是一个严密的整体,主题是一首诗歌的核心意义单元。诗歌独有的意义单元是非常紧密的,理解诗歌的有效形式有很多种,从符号学的角度理解诗歌是其中一个重要的方向。文化是由各种符号组成的世界,诗歌通过符号的构建达到了审美效果。符号的形式感存在于诗歌的整体之中,也存在于读者的阅读体验当中。主题的变化会带来各种元素的碰撞与融合,一种看似不和谐的韵律被创造出来,文本的深层意义同样值得我们去深究。

主题可以是假定的,通过结构和语法在文本中实现。一个简单的主题有可能通过复杂的转化变成更多、更复杂的主题。而在这个过程中,初期写作者对主题的把握能够得到锻炼。除去主题写作,还有很多"非主题写作"也值得写作者关注。比如在诗歌中不设置主题,描写感官、想象力,或者只是将一个神秘的词语扩展开来。这里只是列举了诗歌无尽的魅力中的一项,诗歌允许写作者做各种各样的尝试。在你的尝试中,你可以预设主题,也可以完全不考虑主题。要知道,写作是非常个人化的行为。诗歌的意义也是极其不确定和玄妙的。最好的老师不会限制初学者尝试,而是带领他聆听诗歌中的主题。因此,不用担心练习中会犯错误,开始写吧!

后　　记

　　2008年左右，邓小川、吴临安、李路平、刘理海、付武良、陈国长、龙斌、代笑颜、徐可耐等人开始与我有些交往，他们大多在公选课上与我相识，逐渐成为一个固定的团体。我自己也想把与学生在现代诗歌方面的交流作为一件事情来做，即作为人文学院学生培养的一个事情来做。这个工作一直持续了十多年，旧人们拿完本科毕业证后出去，新人们又陆续来到身边。龚奎林、汪剑豪、陈冬根、吴翔明等老师也欣然加入了这个团队。

　　院领导、同事都有建议，说是把这些年的经验整理一下，出一本教材；我也就着手做框架了。框架做完后，我邀请了露珠诗社的一些校友来做初稿。我们做了下述分工：第一章、第二章，由郭国祥撰写；第三章、第四章，由李路平撰写；第五章，由刘理海撰写；第六章，由陈洪英撰写；第七章，由曾纪虎撰写；第八章，由刘兰撰写；第九章，由彭媛撰写；第十章，由向茗撰写；第十一章，由邓小川撰写。刘兰、彭媛、陈洪英参与了修稿阶段的很多工作。

　　《诗歌写作与实训》呈现的一些观念，对初期的诗歌写作者或许有所裨益，而对于成熟的诗人来讲肯定是十分幼稚而不堪的，恳请得到你们的批评。我庆幸曾与一群人的青春为伍，我也愿给出我的祝福：诗歌的写作只是人的诸种符号能力之一，不具有天然的优先性，但它或许可以成为某一阶段的难以磨灭的印记，希望诸位能没有负担地写作。

　　这本教材是江西省基础教育研究课题"创意写作背景下初中语文精细化作文教学策略研究"（编号：SZUJGYW2021-1083）的阶段性成果，其编写得到了井冈山大学人文学院的同事及领导的大力帮助，非常感谢他们。

曾纪虎

2022年10月10日